Inhalt

Wo ist die 36. Kalenderwoche hin? ... 9
Haben andere andere Körper? ... 11
Bumst Dumm gut? ... 13
Was ist mir die Erleuchtung wert? ... 14
Wie heiße ich? ... 16
Will jemand kuscheln? ... 19
Kann man ohne Sex schwanger werden? ... 20
War es Liebe?. ... 22
Wie lange halte ich noch durch? ... 23
Will ich in den siebten Himmel? ... 25
Wann hat mein Affe das letzte Mal Zucker gekriegt? ... 27
Bin ich fällig? ... 28
Warum ficken wir am Freitag? ... 30
Soll man mal tauschen? ... 32
Bin ich alt? ... 33
Bin ich Expertin? ... 34
Bin ich offen? ... 36
Ist ein Haar in der Suppe? ... 37
Rede ich zu viel? ... 39
Verfügt mein Leben über ausreichend Dramatik? ... 41
Spielt die Größe eine Rolle? ... 42
Bin ich ein nettes Mädchen? ... 43
Bin ich anders? ... 45
Bin ich exotisch? ... 47
Bin ich sexsüchtig? ... 49
Bin ich das Kind meiner Eltern? ... 51
Brauche ich eine Brille? ... 52
Ist Kontrolle wirklich besser? ... 54
Muss man manchmal Fotze sagen? ... 56

Sind eigentlich alle außer mir bekloppt? ... 58
Bin ich arm? ... 60
Bin ich hässlich? ... 61
Wie geht richtiger Sex? ... 62
Lebe ich richtig? ... 64
Soll ich Frösche lecken? ... 66
Reicht Atmen? ... 68
Warum bewegt er sein [sic] Arsch nicht? ... 69
Habe ich alles richtig gemacht? ... 71
Wovon bin ich so müde? ... 73
Bin ich ein Schwein? ... 75
Sieht man mir was an? ... 76
Will ich berühmt werden? ... 78
Bin ich einsam? (1) ... 79
Sind Männer besser als ihr Ruf? ... 81
Was mache ich hier eigentlich? ... 82
Bin ich langweilig? ... 84
Bin ich eindimensional? ... 86
Passt er unter meiner Lampe durch? ... 88
Bin ich ein Pannenfahrzeug? ... 90
Bin ich die Therapie? ... 91
Soll ich mich beschweren? ... 93
Kriege ich jetzt mal Kaffee? ... 94
Habe ich eine Geschäftsidee? ... 96
Warum schmerzt mein Herz? ... 98
Muss ich die Feste feiern, wie sie fallen? ... 100
Macht Schwarz schlank? ... 103
Welche Hilfsmittel sind erlaubt? ... 104
Wer liegt oben? ... 107
Wie kriege ich einen Mann? ... 108
Schlafe ich gleich ein? ... 111
Wie sehe ich aus? ... 113
Bin ich einsam? (2) ... 115
Weiß ich, wo es langgeht? ... 116
Was habe ich für Fesseln? ... 118
Weiß ich zu viel? ... 119
Habe ich Nebenwirkungen? ... 120

Was macht mein Geschlecht in seiner Freizeit?	122
Bin ich einsam? (3)	124
Ist es Schicksal?	126
Bin ich die Tapete?	128
Brauche ich Rat?	131
Kann ich eine Faust machen?	133
Was hätte meine Mutter mir sagen müssen?	136
Muss ich überleben?	139
Was mache ich zuerst?	140
Will ich gemeint sein?	143
Bin ich grobmotorisch?	146
Wer bringt das Kondom in den Mülleimer?	149
Sind Frauen DAS BÖSE?	150
Hab ich das Gegengift?	153
Kann er Gedanken lesen?	155
Wer macht das Licht aus?	156

Wo ist die 36. Kalenderwoche hin?

Ich schlage mich durch mein Leben wie durch Regenwald: mühsam und widerwillig. Ich mache ein ernstes Gesicht und trage zweckmäßige Kleidung: verwaschene T-Shirts, kackfarbene Hosen, klobige Schuhe. Schmuck würde sofort oxidieren bei dem irren Klima hier. Meine Frisur ist praktisch, meine Fingernägel sind aus Gründen der Tarnung keinesfalls feuerrot lackiert. Statt also in einem blauen Seidenkleid, das an meinem verschwitzten Körper klebt, lasziv auf Lianen zu schaukeln, Bananen zu essen und hin und wieder in einer Lagune zu duschen – feuchte Locken kringeln sich in meinem Nacken, meine Augen spiegeln das Wasser unfassbar blau –, statt also das Beste aus dem zu machen, was ich habe, habe ich Angst vor dem Tod, Angst vor dem Leben, vor Kontrollverlust, Insekten, großen Tieren, vor Dunkelheit, vor dem Fliegen und dem Vögeln.

Ich bin eine misstrauische, mürrische kleine Frau, die, wenn sie auf dem Mittelstreifen steht, befürchtet, die Antenne eines vorbeifahrenden Autos könnte ihr das Gesicht zerschneiden. Ich argwöhne, dass jemand sich meine Kontodaten erschlichen hat und heimlich von meinem ohnehin schon wenigen Geld mitlebt. Und dann ist da noch diese Frau, die nachts meine Kleider mit Abnähern versieht, sodass sie mir morgens zu eng sind. Aber als mir letztens eine geschlagene Woche abhandenkam – ich wusste in der 38. Kalenderwoche schlicht nicht mehr, womit ich die 36. verbracht hatte, in der ich etliche Aufträge zu erledigen gehabt hätte, die sämtlich unerledigt geblieben waren –, konnte ich das wohl kaum mehr auf die feindliche Welt schieben. Ich suchte auf *Spiegel online* nach Nachrichten aus der betreffenden Woche, ich checkte meine Mails, ich schaute, wer mich angerufen hatte. Es musste diese Woche gegeben haben, das war ganz klar, ich war sogar einmal aus gewesen, hatte schräg gegenüber einen Burger gegessen und Rotwein getrunken, wie ich anhand einer Quittung nachvollziehen konnte. Sex hatte ich nicht gehabt, es lagen immer noch die fünf Kondome im Sechserpack, dessen Haltbarkeitsdatum um die 40. Kalenderwoche herum ablaufen würde. Und als ich nun schon mal auf der Suche nach der verlorenen Zeit war, fiel mir auf, dass es eigentlich gar nicht so sehr um die 36. Woche ging, hier drehte es sich offenbar um ganze Jahre. Wo war die Zeit geblieben zwischen meinem 28. Lebensjahr, als ich auf der Höhe meiner Möglichkeiten war, sexuell aktiv, fröhlich, im Job erfolgreich und allgemein beliebt, und dem 35., in dem ich gerade erschöpft vor mich hinstapfte? Sie war verschwunden, wenn auch nicht spurlos, die kleinen Falten in meinem Gesicht bezeugen, dass irgendwas gewesen sein musste. Auf den Schreck goss ich mir erst mal einen Whiskey ein, zog mich aus, steckte die bollerigen Hosen und das verschossene T-Shirt in den Müllsack und schwang mich in meiner pinken Unterwäsche und mit dem Drink in der Hand auf einen Ast. Erschrocken seilte sich eine Spinne ruckzuck auf ein Zweiglein über mir. Ich prostete ihr zu und nahm einen großen Schluck. Von hier sah das alles doch schon viel netter aus. Eins stand fest: Ich würde einiges ändern müssen. Und ob das gelang, so bildete ich mir plötzlich ein, hing nicht unwesentlich davon ab, ob ich die restlichen fünf Kondome verbraucht kriegte, bevor in zwei Wochen das Verfallsdatum überschritten wäre.

Haben andere andere Körper?

Ich hätte wirklich mehr Zeitung lesen sollen. Und Bücher. Nicht solche Bücher, wie ich sie lese, sondern andere Bücher. Man ist ja in einer Gesellschaft beheimatet, in der Männer und Frauen sich in der Kneipe oder auf Job-Events durch Sprechen über Bücher und Zeitungsartikel einander annähern. Na ja, letztlich ist es jetzt eh zu spät, die Männer und Frauen haben sich längst angenähert und wohnen in gemeinsamen Wohnungen, in denen auf dem Klo Zeitungen oder auch Bücher ausliegen, über deren Inhalt beim gemeinsamen Frühstück gesprochen werden kann, und ich bin gewissermaßen übrig.

Was nicht schlimm ist, ich kann mir meinen Körper ohnehin schwer in einem Bett oder auch nur in einem Raum vorstellen mit dem Körper irgendeines Mannes. Höchstens mal für ein paar Stunden. Aber dann: Mein Körper schnarcht, mein Körper riecht, mein Körper ist leck, mein Körper schlägt Falten. Warum habe ausgerechnet ich dieses Mängelexemplar bekommen?

Meinem Kollegen Jonas, der bei mir frühstückt und mir seine Entwürfe für unser Gewinnspiel im nächsten Heft von *Haustierhaltung heute* präsentiert, fällt auf, dass bei mir keine Zeitungen rumliegen, das findet er geradezu ungemütlich. Ich erzähle ihm von meinem Problem. Er zeigt mir einen Vogel. »Das geht doch allen so. Körper ist eben ein bisschen eklig.«

»Aber nicht sooo eklig«, entgegne ich. »Wenn die anderen Körper auch solche Sachen machen würden wie mein Körper, wüsste ich das. Darüber könnte man nicht schweigen. Das müsste doch in Büchern stehen und in der Zeitung. Steht es aber nicht. Deshalb schaue ich da gar nicht mehr rein. Letztens dieser Blutklumpen in meinem Hosenaufschlag ...«, setze ich an.

Aber Jonas hält mir die Hand vor den Mund und legt die andere in meinen Nacken. »Warum hast du das nicht früher gesagt. Schließlich bin ich Doktor, lass mich den Schaden mal begutachten.« Die Hand immer noch in meinem Nacken, steht er energisch auf, schiebt mit dem Fuß seinen Stuhl zurück und führt mich zum Schlafzimmer.
»Du bist Doktor der Philosophie«, sage ich, während er mir schon die nachtblauen Kniestrümpfe auszieht und meine Zehen zählt. »Zehn Zehen«, sagt er, »so weit okay. Nagellack muss mal neu, das machen wir nachher.« Er holt sich ein Blatt Papier und einen Stift. »Na, immerhin was zum Schreiben hat sie da, wenn sie schon nicht liest.« Er zieht mich weiter aus. Mustert mich ganz genau, während ich mich vor Scham winde, aber aufstehen lässt er mich nicht, er dreht und wendet mich, notiert jeden Leberfleck (17) und jede Narbe (5). »Geschlecht: Riecht wie Sonne auf einer dunklen Waldlichtung – Moos, Feuchtigkeit, Kräuter. Schmeckt wie ... kleine, knallrote Blüten, Pilze ...« Dann sagt er erst mal nichts mehr. Und ich sende meinem Körper eine Videobotschaft, in der ich ihm zeige, auf welche Weise ich mich entleiben werde, wenn er nicht kooperiert, während diese Sache passiert. Und mein Körper hat offensichtlich verstanden. Er schwitzt nicht mal.
Leider ist es schnell vorbei. Ich greife nach meinen Strümpfen und stehe auf. »Noch einen Kaffee?«
Kopfschüttelnd drückt Jonas mich zurück aufs Bett und beugt sich über mein Gesicht. »So kommen wir keinen Schritt weiter, mach dich mal locker.« Dann richtet er sich auf und rülpst. Ich bin starr vor Schreck. Er rülpst noch mal, lacht unverschämt, zieht sich aus, zeigt mir seinen Körper. Schön sieht er aus. Helle Haut, muskulöse Arme, bisschen Bauch. »Nach Furzen ist mir grad nicht, aber jetzt gehen wir zusammen pinkeln«, sagt er.
Hinterher bin ich tatsächlich entspannter. Er streicht mir die Haare aus der Stirn und flüstert mir nette Sachen über meinen Körper ins Ohr, während er sich in mir bewegt. Und ich seufze, ich stöhne, ich schreie wohl auch. Auf jeden Fall schwitze ich wie ein Schwein.
Beim nächsten Mal bringt er einen Vierfarbkuli mit, trägt mich ins Bett, küsst meine Stirn, sagt, seine Freundin ist schwanger, und er kann nicht mehr kommen. Aber ich soll ganz genau aufschreiben, was mein Körper so an denkwürdigen Dingen tut. »Das ist nichts für

die Zeitung, das gibt eine Enzyklopädie – zehn Bände mindestens. Bei diesen Dellen hier ...«, er streicht über meine Kniekehlen, so sanft und geil, dass sich mir ein Seufzer entringt, »und das Geräusch, wenn man hier draufdrückt – irre –, und was ist das Nasse da hinten?« Er prüft und tastet, und obwohl ich so traurig bin, komme ich doch lauter als je zuvor. »Oh, du musst alles notieren. Im Dienst der Menschheit gewissermaßen. So was wie deinen Körper hat die Welt noch nicht gesehen.«
Dann ist er weg. Ich trinke Rotwein und gehe irgendwann raus, ein Notizbuch kaufen.

Bumst Dumm gut?

Dieses »Dumm fickt gut«, das man immer wieder hören kann, gilt bestimmt nur in Bezug auf Frauen. Ein Indiz dafür ist die ruinierte Alliteration. So unsensibel kann nur ein Mann gewesen sein. Keine schöne Vorstellung: Unsensible Männer werden von dummen Frauen gut gebumst. Werden sensible Männer dann im Umkehrschluss von schlauen Frauen schlecht gebumst? Ich bin ja nur ein recht kleiner Teil der Bevölkerung, aber auf mich trifft das zu. Ich bin so linkisch und bemüht – beim Ausziehen, beim Blasen, beim Kondomüberstreifen –, ich glaube, es ist kein Spaß, sich von mir bumsen zu lassen. Das zerrt an den Nerven, das geht an die Nieren, das macht blaue Flecke und Quetschungen. Und auch ich selbst habe von meiner Bumserei nicht viel und bin immer recht dankbar, wenn der jeweilige Mann in meinem Bett, ob nun dumm oder nicht dumm, entnervt das Ruder an sich reißt und seinerseits anfängt, mich zu bumsen. Meiner Erfahrung nach weiß man vorher nie, wie gut oder

lausig das Gegenüber sein wird. Tendenziell sind die Schlauen besser. Oder sind es die weniger Schönen? Oder die mit schlechtem Selbstwertgefühl? Die nerdischsten Nerds scheinen in Sex ihre ganze Leidenschaft zu legen. Die lausigst angezogenen Männer haben ein Körpergefühl, dass man vermuten möchte, die Kleidung sei eventuell Tarnung wegen der Groupies. Ich fürchte, der Sex-Intelligenzfaktor wurde noch nicht entdeckt.
Jedenfalls reicht es für guten Sex nach meiner Erfahrung völlig, wenn einer pro Bett es draufhat. Da ich das in meinem Fall nicht bin, kann ich nur auf gute Typen hoffen. Mir doch piepe, ob die schlau oder doof sind. Ich bin schon ziemlich lange nicht mehr gekommen. Und bei der Schlüsselposition, die ich als Korrektorin der Zeitschrift *Haustierhaltung heute* innehabe, könnte ein gewaltiger volkswirtschaftlicher Schaden entstehen, wenn ich nicht bald einen zugeteilt kriege, der gut bumst ... Moment ..., Sekunde ..., es klingelt.

Was ist mir die Erleuchtung wert?

You can't have your cake and eat it, sagen die Amis und meinen damit: Man muss sich entscheiden. Früher dachte ich, das bezieht sich auf Steuererklärung, gesunde Ernährung und so. Aber es bezieht sich noch tausendmal mehr auf den Bereich des Sexuellen, wie ich an den sehr sexuellen Verben *to have* und *to eat* leicht hätte ablesen können. Weil ich aber mal wieder nix abgelesen habe, kann ich jetzt nicht mehr ins Grubert. Im Grunde könnte ich mich gleich erschießen. Aber von Anfang an:
Ich bin Korrektorin und verbringe meine Abende korrekturlesend im Grubert. Außerdem bin ich aber auch noch Single und

habe demzufolge viel zu wenig Sex. Wie schön wäre es, wenn man beides verbinden könnte, hab ich irgendwann gedacht und: Heute setze ich mich mal an die Theke und signalisiere, dass ich Liebe dringender brauche als Lektüre. Ich habe also gegen zehn meine Brille abgesetzt, ein ausgewiesenes Angstobjekt für jeden Mann unter sechzig, und habe wahllos – rechts saß keiner – meinen Nachbarn zur Linken angelächelt, der fragte auch gleich brav, was ich denn da lese. *Haustierhaltung heute*, habe ich gesagt und das Heft zugeklappt.
So einfach ist das.

Nach einem Pseudogespräch lässt er sich willig in meine Wohnung bringen, er hatte noch einen Hund vor der Bar sitzen, groß wie ein ausgewachsenes Schaf und auch so milde. Wir gehen zu dritt ins Bett, und während mir der Typ auf das Wundervollste die Hände (!) massiert, fragt er nach meinem Sternzeichen und fängt an, über Astrologie zu schwadronieren. Der Hund seufzt und lässt sich neben mich fallen, der kennt den Sermon offensichtlich schon. Fisch/Aszendent Labertasche redet inzwischen von Reinkarnation. Ich kann ihn doch nicht rausschmeißen, bevor er es mir gemacht hat. Hastig schiebe ich mich an ihm runter und blase ihm einen. Endlich Ruhe. Dem Himmel sei Dank ist er beim Vögeln nicht halb so weichgespült, wie sein beseeltes Gequatsche vermuten ließ. Und abgesehen davon, dass der Hund mein linkes Ohr leckt, während dieser Buddha mich von hinten erleuchtet, ist es wirklich geil. Danach faselt er irgendwas von Venus, weswegen das mit dem Sex bei mir kein Wunder sei. Ohne mich zu ihm umzudrehen, knurre ich, dass ich früh raus muss.

Als ich am nächsten Abend mit meinen Büchern ins Grubert komme, ist little Buddha schon da. Wieso ist mir dieses verblichene Rettet-den-Regenwald-Shirt nicht gestern schon aufgefallen? Na ja, ich hatte meine Brille nicht auf. Er wird in einer Eso-Disco auflegen, erzählt er ungefragt.»Scheiße, da muss man doch die Schuhe ausziehen, und das bei meinen hässlichen Füßen«, ich versuche, lässig bis desinteressiert rüberzukommen. Als er milde lächelnd von meinem schlechten Selbstwertgefühl anfängt, was kein Wunder sei bei meiner Konstellation, verziehe ich mich an den allerhintersten Tisch,

kann mich dort aber nicht auf meine Arbeit konzentrieren und gehe bald. Einen Tag lasse ich aus. Aber am übernächsten bin ich wieder da. Und wer sitzt brezelbreit an der Theke, wo es theoretisch all die ungewaschenen, lustigen Jungs gäbe, die ich so gern zwischen zwei Büchern beobachte? Buddha. Ich gehe gar nicht erst rüber, lächle nur säuerlich.
Und so geht das jetzt geschlagene zwei Wochen. Warum nur hab ich für einen Moment der Erleuchtung mein sympathisches Leselokal geopfert? Sex gibt es im Gegensatz zu so einem netten Plätzchen wie dem Grubert doch nun wirklich an jeder Ecke und außerdem auch im Internet, wo der schöne, kalte Mr. Imperfect nur darauf wartet, dass ich schreibe: Heute 19 Uhr bis 23 Uhr will ich dich. Vielleicht lässt er mich erst eine Stunde bei sich lesen, und dann machen wir's?

Wie heiße ich?

Als ich letztens mit ein paar Freundinnen bei Tee und Keksen zusammensaß und wir über dies und das plauderten, fanden alle total indiskutabel, dass mein Geschlecht Geschlecht heißt (»da hast du *schlecht* für schlechten Sex ja schon im Wortstamm«) und dazu verdammt ist, Sportunterwäsche mit Beinansatz zu tragen. »Bist du wahnsinnig!«, echauffierte sich Claudia, eine extrovertierte, extrem schöne Tänzerin. »Sweet Amanda ist bei uns«, sie zeigte erst auf ihren Kopf und dann auf *Sweet Amanda*, diejenige, die die Männer aussucht. »Ich tue alles, um sie nicht zu verärgern. Letztens fühlte sie sich vernachlässigt und hat vor Wut einen Fußballer abgeschleppt. Ihr wisst, was das bedeutet ...« Alle nickten betroffen. Ich wusste zwar nicht, was das bedeutet, wollte mir aber keine weitere Blöße geben und nickte auch.

»Bei mir ist es genauso, ich hatte ein geschlagenes Jahr keinen Orgasmus, während ich an meiner Dissertation geschrieben habe«, klagte Silvia, eine üppige Rothaarige, die wirkt, als hätte sie pro Tag mindestens drei Orgasmen. »Erst seit ich sie Zuckerschnecke nenne, jeden Morgen einöle und in die Tagesplanung einbeziehe, läuft es wieder zwischen uns.«

Ich war alarmiert. War mein Geschlecht verärgert und boykottierte mich deswegen? Mein Sexleben war nämlich echt ausbaufähig. Eine Großbaustelle gewissermaßen, wo es seit Ewigkeiten nicht voranging, es wurde nur immer mal wieder pseudomäßig durchgefegt, wenn potenzielle Investoren sich angekündigt hatten.

Daheim angekommen, setze ich mich mit einem Spiegel auf den Klodeckel und schaue mir mein Geschlecht an.

Interessant.

Fleischfressende Pflanze fällt mir ein. Aber *fleischfressende Pflanze* hat ganz schön viele Silben. Das schreit förmlich nach einer verkürzten Form. Und die Vorstellung, dass irgendein Fußballer mein Geschlecht Fleischi nennt, macht mich nicht glücklich. Immerhin habe ich jetzt Lust auf Sex. Ich klappe den Spiegel zu, fege noch mal durch im Schlafzimmer und gehe los.

Die Party ist eine Herausforderung. Mein deutlich wahrnehmbares Geschlecht und ich lassen jeden, mit dem wir je schlechten Sex hatten und, wenn es nach mir ginge, gut und gerne noch mal haben könnten, nach ungefähr einer Minute eiskalt mit seinem jeweiligen Thema (Medienprojekt, *The Circle*, Nabokov) stehen, um dann einen Wildfremden mitzunehmen, mit dem wir kaum zwei Worte gewechselt haben. Mehr ist auch nicht möglich, weil mein Geschlecht schon einen ausgesucht hat, unkontrolliert rumzuckt und mir eine Ahnung von Veitstanz beschert, zu dessen Funktion innerhalb von stark reglementierten Systemen ich unter normalen Umständen gut und gerne einen der anderen Typen hier hätte befragen können. Ich mache mir keine Hoffnungen, was die Partnerwahl meines Geschlechts angeht. Aber egal. Sex ist Sex. Und irgendwie riecht der Mann gut, erzählt lustige Sachen und bezahlt das Taxi.

Als ich ihm im Rahmen eines überraschend ausgedehnten Vorspiels das Problem der Namenssuche schildere, beugt er sich umstandslos über mein Geschlecht. Und während ich erst mal abgemeldet bin und schon bedaure, keine Bücher neben dem Bett liegen zu haben, fällt ein Name nach dem anderen.»Babe? Oder Süße, bist du eine Süße?« Er hat eine schön kratzige Stimme.»Nein, bist du nicht. Du bist stolz und gefährlich, das denkst du zumindest ...« – nun höre ich doch interessiert zu –»... soll ich dich Charlie nennen, Charlene, wenn du mal rosa Wäsche anhast? Nein? Wie wäre es mit Zaza oder Lou?« Keine Antwort. Er fährt mit der Zunge der Länge nach mein Geschlecht entlang, erst ganz zart, dann heftiger, tiefer.»Ich hab's.« Er taucht auf. Nasses Gesicht, wirre Haare.»Du bist eine Anemone, eine Seeanemone«, sagt er.»Und ich bin deine Muräne.« Er taucht wieder ab.

»Da hättest du ja gleich Hannelore nehmen können, das hat genauso viel Glamour«, sage ich leicht genervt ob der unpopulären Entscheidung, doch da ist der seltsame Typ schon unter mir durchgetaucht, hat mir mit der Schwanzflosse einen Nasenstüber versetzt und sich in Anemone versenkt.

Am nächsten Morgen, wieder auf dem Klodeckel, frage ich sie scheinheilig, ob es bei Anemone bleibt, oder ob wir nicht doch lieber noch ein paar Expertenmeinungen einholen wollen. Aber sie will bald wieder mit der Muräne spielen, diesbezüglich ist sie ganz klar. Wie um ihre ozeanische Herkunft zu betonen, hinterlässt sie ein Pfützchen auf dem Klodeckel. Beim Gedanken an das nächste Kaffeekränzchen winde ich mich schon mal prophylaktisch vor Scham. Und zwar eher wegen Muräne als wegen Anemone. Bis mir einfällt, dass ein Geschlecht in der Runde Lilifee heißt und ein Techtelmechtel mit Garfield hat.

Will jemand kuscheln?

Die ganzen Schriftsteller damals hatten recht mit ihrer Furcht vor Freud. Mein Analytiker hat mein Leben ruiniert. Das Problem besteht allerdings weniger darin, dass ich nicht mehr schreiben oder korrekturlesen kann. Schreiben muss ich eh nur das Inhaltsverzeichnis, und Korrekturlesen geht. Was ich nicht mehr kann, ist vögeln. Und Vögeln war das Einzige, worin ich es wirklich, wirklich zu großer Meisterschaft gebracht hatte in meinem Leben. Vögeln war das, worauf mein Selbstvertrauen, meine Ausstrahlung und meine Lebensplanung basierten. Immer mal wieder hat mein Analytiker hämisch eingeworfen, ich könne ja kaum die Sexbombe sein, für die ich mich hielte. Ein Mann hätte eine solch unverfrorene Behauptung, noch dazu von einer Tucke in schmuddeligen weißen Hosen, einfach überhört, Männer überhören grundsätzlich alles, was über ihre Qualitäten im Bett gesagt wird, es sei denn, es ist was Lobendes. Im Grunde war dies das Einzige, was der Typ in den vier Jahren meiner Analyse gesagt hat. Ganze Sitzungen kein Wort von ihm. Zwischendurch hatte ich manchmal Angst, der alte Mann wäre gestorben, und fing an, über Sex zu reden. Und prompt ruckelte er sich in seinem Sessel zurecht, und da kam sie wieder, die Unterstellung, wirklich grandios könne mein Sex ja kaum sein.

Und jetzt ist es so. Jetzt hat er recht bekommen. Seit der Analyse lebe ich keusch wie Schildkrötenmann George, der Letzte seiner Art. Und ich sehe auch so aus: glanzlose Haare, anderthalb Kilo Übergewicht, große traurige Augen. Sex macht nämlich schön. Kein Sex macht nämlich hässlich. Dabei ist es nicht etwa so, dass ich dem Mann diese Sache mit meinem Sex auch nur eine Sekunde geglaubt hätte. Im Grunde glaube ich jetzt noch nicht, dass ich eine Niete im Bett bin. Neuerdings verweigert mein Körper allerdings zu kooperieren. Zuerst habe ich es auf einer Journalistenparty gemerkt. Viele charismatische Männer waren anwesend, ich wurde großartig unterhalten, und dann war da der eine. Der Mann des Abends, das Alphatier. Ich lachte über seine Witze, hielt ihm mein ausgezeichnetes Dekolleté unter die Nase, machte das Lippendings und das Augenbums, trank und trank mit ihm – und dann, Weidmanns Dank, waren wir bei mir. Und da lag ich nun, Schildkröte George, und hatte keine Lust, ihm einen zu blasen. Ich lag, mein Kopf auf seinem Bauch, gemütlich herum, träumte, trank Rotwein, hörte Lambchop. Hätte mich einer nach Sex gefragt (er zum Beispiel), ich hätte nur milde mit dem Kopf geschüttelt. Was ich wollte, war nackt sein wie ein Baby und fühlen und genießen. Und das Ergebnis: Nach zwei Stunden zog er hastig seine Sachen an, verabschiedete sich, den Blick auf den Boden geheftet, und war weg. Und mir, mir war es egal. Leute, Leute, auch wenn mich das einerseits zutiefst beunruhigt, fühlt es sich andererseits sehr behaglich an, wer hätte gedacht, dass aus mir mal 'ne gemütliche Alte wird. Jemand Lust auf Kuscheln?

Kann man ohne Sex schwanger werden?

Von Kindern, die durch Analverkehr gezeugt wurden, habe ich schon verschiedentlich gehört. Blöde Sache, so eine Existenz scheint ja von vornherein unter einem schlechten Stern zu stehen. Wie will man denen das später erklären? Vermutlich werden sie alles, was ihnen je misslingt, darauf zurückführen. Gott sei Dank ist es nicht gerade gang und gäbe, seinen Kindern neben dem genauen Geburtstermin auch noch die Details der Zeugung mitzuteilen ...

Aber Schwangerschaft ganz und gar ohne Sex? Da gibt's doch nur den einen Fall.

Und jetzt ich.

Ich bin aber auch wirklich zu vertrauensselig gewesen. Diese Allgemeinärztin, für die ich mich ausschließlich wegen der geringen Entfernung ihrer Praxis zu meiner Wohnung entschieden hatte und die sich schnell als Hexe/Heilerin erwies, wusste alles über mich. Sie wusste, wann ich geboren bin und dass meine Mutter ein Aas war (obwohl sie nicht exakt dieses Wort gebrauchte). Sie wusste, dass ich Musik liebe und mir ein Kind wünsche (was ich wohlweislich noch nie irgendwem gesagt hatte). Aufrecht saß ich in ihrem Besuchersessel und fühlte mich zutiefst verstanden. Zum Abschied berührte sie meinen Arm, nickte milde, ein bisschen wie zu einer Idiotin, dann schob sie mir eine Tüte mit Kügelchen in meine rechte Faust und schickte mich heim.

Und jetzt gehe ich schwanger. Mit Lust und Sehnsucht und farbigen Träumen, wie ich sie gar nicht kannte. Und eben nicht nur damit. Manchmal macht mir das Angst. Aber höchstens minutenlang. Ansonsten trage ich ein neues knallrotes Kleid und schiebe meinen üppigen Körper durch die belebten Straßen. Mir ist heiß, und mich gelüstet nach allem Möglichen. Unter anderem nach kühlen Händen auf meinem Körper. Da ist nichts Knabenhaftes, Linkisches mehr an mir. Nicht daran zu denken, dass eine mit diesem schweren Körper sich eilfertig bückt, um jemandem, der es nicht wert ist, einen zu blasen. Ich bin Mutter Erde. Ich bin DIE FRAU und brauche DEN MANN. Der da im Straßencafé am Nebentisch sitzt, wird es nicht sein. Schaut den ganz Jungen und ganz dürftig Angezogenen hinterher. Ich trinke süßen, bitteren Kakao. Den Mann muss ich gar nicht erst probieren. Aber keine fünf Minuten später hält er mir, fast ohne herzusehen, in der offenen Hand seine Erdnüsse hin.

»Sie essen gern salzig«, hatte die Hexe/Heilerin konstatiert. »Ja, das stimmt«, hatte ich gesagt, »hab ich noch nie drüber nachgedacht.« Ich nehme von den Nüssen in seiner Hand, der Mann hat eine Glatze, er liest weiter in der Zeitung, einhändig jetzt, weshalb ihm die obere Ecke immer umklappt, die andere Hand mit den Nüssen in meine Richtung ausgestreckt, ich nehme noch mal ein paar und noch mal, er schaut nach wie vor nicht her, nehme mir alle Nüsse schließlich in meine linke Hand, esse gierig, und als ich alle mit zwei Fingern aufgepickt habe, sehe ich, dass er meine Gier amüsiert beobachtet hat. Er nimmt meine linke Hand, sagt »Darf ich?« und leckt, ohne mit dem amüsiert Dreinschauen aufzuhören, das Salz aus der Handfläche. *Wie ein Tier*, denke ich, *das fühlt sich gut an*. »Ich mag Salz«, sagt er dicht vor meinem Gesicht und hat hellblaue Augen und geschwungene Lippen. Ich schätze, die Hexe wusste, was sie tat, ich schätze, er ist auch ein bisschen spät dran mit den Dingen. Vielleicht ist meine Medizin ja auch seine Medizin.

War es Liebe?

Der Mann, der auch Salz mochte, war ganz schön lange ganz oben auf meinem Speiseplan. Auch wenn ich dann doch nicht schwanger war: Der war so was wie der künftige Vater meiner künftigen Kinder – zuverlässig, erwachsen, gut aussehend, gut verdienend. Er hat mir die Füße massiert, den Rücken, den Kopf. Nur um mein Geschlecht hat er einen großen Bogen gemacht. Er wollte nur sporadisch mit mir schlafen und dann jeweils so, dass es gewissermaßen jugendfrei war. Sah bestimmt nett aus: beide fast reglos, die Körperflüssigkeiten, die Geräusche, die Mechanik auf ein Minimum reduziert. Es war noch nicht mal so, dass er nicht auf mich stand (rede ich mir zumindest ein), der stand einfach nicht auf Sex. Der kriegte die Adrenalinschübe vom Freeclimben, mit der Frau an seiner Seite wollte er kultivierte Behaglichkeit.

Ich hab ganz schön lange ausgehalten und wurde dabei von Woche zu Woche ein bisschen elender. Als ich am Ende nur noch so viel Sexappeal hatte wie ein Schulfüller, schrieb ich auf einen Zettel, es täte mir wirklich leid um die tollen Gespräche und die Opernbesuche, überhaupt die Kultur, aber ich hätte die Hänsel-und-Gretel-Scheiße jetzt satt. Dann zerschmiss ich eine Stehlampe – so kannte ich mich gar nicht – und verließ die Wohnung. Kaum hatte ich die Tür hinter mir zugeknallt, hatte ich ihn auch schon vergessen. Dabei hatte ich den Rest meines Lebens mit ihm verbringen wollen. Ich hatte an Hochzeit gedacht und an Kinder. Das kann doch keine Liebe gewesen sein! Was war 'n das dann?

Wie lange halte ich noch durch?

Es gibt ja ein ganzes Buch, das mit dem Mythos aufräumt, Männer, die sich nach einer gemeinsam verbrachten Nacht nicht melden, wären wahlweise im Stress, in einer emotional komplexen Situation oder auf Dienstreise. Dabei ist es ganz einfach: Männer, die sich nach einer gemeinsam verbrachten Nacht nicht melden, konnten durch die gemeinsam durchgeführten Aktivitäten nicht überzeugt werden, in näherer Zukunft (diese Woche) weitere gemeinsame Aktivitäten zu planen. Der Titel des Buches ist so grausam wie erhellend, im Grunde reicht es, den Titel zu lesen, dann kann man den Kaufpreis lieber in die nach dieser Erkenntnis erforderlichen Alkoholika anlegen: »Er steht einfach nicht auf dich.«

Dieses Problem ist mir völlig fremd, gehöre ich doch zu der Sorte Mensch, die sofort nach dem Geschlechtsverkehr am liebsten das Land verlassen würde, damit die Gefahr, den betreffenden Mann wiederzusehen, gebannt ist. Ich muss der Traum all der oberflächlichen, kleinen Stecher da draußen sein. Nie würde ich auf einen Anruf warten ...

... Aber um ganz ehrlich zu sein: Ich bin noch viel schlimmer. Ich warte gewissermaßen auf einen Anruf von einem Mann, der gar nicht weiß, gar nicht wissen *kann*, dass ich auf einen Anruf von ihm warte, ja, der noch nicht einmal meine Telefonnummer hat. Er kennt mich nämlich nicht. Dafür kenne ich ihn umso besser. Er hat eine echte und eine Plastikhand, fährt beim Spinning die 13, schwitzt wie ein Schwein und hat unter seinem Shirt ordentlich Brusthaar. Wenn jemand zu spät kommt, hasst er ihn, auch die Leute, die nur so Sonntagsausflugs-mäßig fahren und nicht wie er das Letzte aus sich rausholen, hasst er. Das merkt man daran, dass er sie anschnauzt. Mit Frauen ist er milder. Neben ihm auf der 12 fährt immer eine, die ich *die Verrückte* nenne, eine leicht übergewichtige, irgendwie verwachsene Rothaarige mit viel Make-up und bunten Spängchen im Haar. Die wird von ihm betüttelt, wie ich gerne mal von ihm betüttelt werden würde. Sogar Hilfestellung gibt er ihr – beim Dehnen.

Natürlich hab ich den Mann sofort durchschaut, zu irgendwas muss der ganze Psychoanalyse-Dreck doch gut gewesen sein: Weil er selbst versehrt ist, meint er, durch Leistung überzeugen zu müssen, und rast nun wie ein Hamster im Laufrad täglich durch seinen Job, seine Freundschaften und ins Fitnessstudio, obwohl niemand so fit ist wie er. Und obwohl er noch dazu so attraktiv ist, dass er die Schönsten haben könnte – zum Beispiel fährt neben ihm auf der 14 eine atemberaubende Frau, die ihre makellosen Schenkel nur für ihn bewegt, aber das sieht der gar nicht –, obwohl er also so attraktiv ist, dass er die Schönsten haben könnte, nimmt er wegen seines Makels die Hässlichsten.

Und hier komme ich ins Spiel.

Ich bin nämlich ein wandelndes Fanal der Unsportlichkeit. Das muss ihm doch entgegenkommen. Mit mir kann der sich entspannen! Und quasi als Bonus bin ich auch noch nicht die Bohne neurotisch. Mit mir kann man Pferde stehlen, ich hab keine Angst, mich dreckig zu machen – und vor mir muss er sich nicht scheuen wegen seiner fehlenden Hand, sehe ich doch Lichtjahre weniger gut aus als er. Vielleicht, wenn wir uns näher kennen, wird er versuchen, sich über mich zu stellen, und wird ein bisschen an mir herummeckern, weil ihm das ein gutes Gefühl gibt. Aber über so was lache ich natürlich nur und lebe weiter mein unperfektes Leben in meinem unperfekten Körper. Er dagegen muss bald mal lernen, nicht jeden, der zu spät kommt, zusammenzuscheißen. Vielleicht könnte er an meinem (intakten) Arm auch mal aus dem Hamsterrad aussteigen und taten- und regungslos einen Sonnenuntergang bewundern. Wäre das nicht ein Erfolg für ihn? Langer Rede kurzer Sinn: Ich bin die Richtige! Und weil er das ganz genau weiß, ist er jeden Tag schon fünf Minuten vor Kursbeginn im Studio. Er grüßt mich, er winkt mir sogar zu, und einmal hat er mir zwar nicht Hilfestellung gegeben, aber erklärt, wie die Dehnübung funktioniert.

Ich hab schon drei Kilo abgenommen, weil ich jeden Tag auf diesem verschissenen Bike hänge. Aber was soll ich machen: Ich bin seine Frau, dafür bringt man schon mal Opfer. Ich bin gespannt, ob er im Bett auch so schwitzen wird wie auf dem Bike und ob er eher so ausdauernd ist, wie ich ihn vom Spinning kenne, oder ob er, »ich hab nicht ewig Zeit«, mich anscheißt, wenn ich beim Sex zu spät komme. Finden Sie das nicht auch spannend? Ich hoffe nur, er ruft demnächst mal an, lange halte ich das schon rein körperlich nämlich nicht mehr durch.

Will ich in den siebten Himmel?

Zum Arbeiten höre ich Kastratenmusik, und die Männer, in die ich mich verliebe, sind oft übergewichtig, neuerdings auch schon mal einhändig beziehungsweise mit nur einem funktionstüchtigen Auge ausgestattet. »Sonst alles in Ordnung mit deiner Sexualität?«, fragt Richard, der immer wieder deutlich macht, dass er zur Verfügung stünde – mit dem ins Bett zu gehen, ich aber Angst hätte.

Gute Frage: Ist alles in Ordnung mit meiner Sexualität? Und welche Sexualität eigentlich? Die Dicken wollen bevorzugt kuscheln. Die anderweitig Versehrten sind damit beschäftigt, durch höchste Effizienz wettzumachen, was ihnen an Perfektion abgeht, das Ergebnis hat dann eher mit Leistungssport zu tun als mit Sex. Nicht dass ich Kuscheln geringschätzte. Nicht dass ich unsportlich wäre. Es ist nur so, dass ich gerne mal in den siebten Himmel und wieder zurück in den vierten Stock gebumst werden würde.
Oder auch nicht. Sonst würde ich ja Richard in Anspruch nehmen. Aber neben dem komme ich mir dick, hässlich und unvollständig vor. So viel Mann lässt mich heftig an meinem Frausein zweifeln. Außerdem hab ich Höhenangst. Siebter Himmel klingt ja super. Aber waren Sie da schon mal? Lohnt sich das Risiko? Kennt man jemanden, der oben war und wieder runtergekommen ist? Macht das süchtig, will man dann nichts anderes mehr? Richards Freundin wäre sicher begeistert, wenn ich ständig auf Turkey bei denen vor der Tür stünde. Und klingt Bumsen nicht auch irgendwie drastisch? Das tut doch bestimmt weh! Möchte ich meinen Namen mit so einem Verb in einem Satz lesen?

Als ich Richard gegenüber meine Bedenken andeute (die Stelle mit »so viel Mann lässt mich heftig an meinem Frausein zweifeln« lasse ich weg), zieht der nur spöttisch die Augenbrauen hoch und sagt, ich solle mich einfach melden, wenn ich irgendwann bereit sei, das gewaltige Risiko einzugehen.

Wann hat mein Affe das letzte Mal Zucker gekriegt?

Wenn man schon morgens um sechs Lust hat, kann man den Tag im Grunde vergessen. Endlose Bürostunden in brütender Hitze, man riecht sich die ganze Zeit, und dieser feuchte, warme Körper, das wird von Minute zu Minute klarer, ist für Korrekturlesen bei *Haustierhaltung heute* so gar nicht geschaffen. Er ist dafür geschaffen, Liebe zu machen. Wenn man Pech hat, hat man in seiner Geilheit auch noch das Falsche angezogen, und die männlichen Kollegen haben in der Sitzung wieder ihre Pullover quer über dem Schoß liegen und kratzen mit den Fingernägeln imaginären Dreck von der Tischplatte. Joggen könnte helfen, ordentlich auspowern. Hab ich aber keine Lust drauf. Und Sex könnte helfen. Ist aber kein Mann da. Morgens um sechs kann man wohl auch keinen anrufen. Wenn man schon morgens um sechs Lust hat und so ein Gewese darum macht wie ich jetzt, dann tut man eindeutig zu wenig für seinen Lust- und Liebeshaushalt. Ganz zu schweigen von den anderen Haushalten, in denen Spaß, Abenteuer und Irrsinn wohnen. Alles verwaist, versifft und vernachlässigt. In meiner frühmorgendlichen Not-Geilheit* beschließe ich – und besiegle den Deal mit einem Glas feinsten Crémants –, es nicht noch mal so weit kommen zu lassen wie heute. Mich von nun an nach Möglichkeit jeden Tag um halbwegs alle Aspekte des Lebens zu kümmern, statt wie bisher tagsüber Korrektur und abends ein Buch zu lesen oder gegen mich selbst Scrabble zu spielen. Von nun an werde ich, wenn ich aus dem Büro komme, unbedingt als Erstes die Sau rauslassen, ihr und mir dann frischen Wind um die Nase wehen lassen und nicht vergessen, vor dem Schlafengehen

---

* Ja, in diesem Fall ist von Not zu sprechen, durchaus gerechtfertigt.

dem Affen Zucker zu geben. Am Ende eines solchen Tages fällt man doch todmüde ins Bett. Von Schlafstörungen kann keine Rede sein. Und am nächsten Morgen wacht man vielleicht etwas müder auf, als wenn man gegen 23 Uhr ins Bett gegangen wäre, aber doch in der fröhlichen Gewissheit, dass der Affe heute gegen Mitternacht wieder seinen Zucker bekommt. Als ich an dieser Stelle bin mit dem Beschließen, ist es 6.50 Uhr, und der Crémant ist nur noch halb voll. In dieser Sektlaune rufe ich gleich mal im Büro an, spreche von Magen, Darm. Dann beschließe ich, alles auf eine Karte zu setzen und das Gefährlichste zu tun, was ich mir vorstellen kann. Ich werde Richard anrufen.

Bin ich fällig?

Natürlich hab ich Richard dann doch nicht angerufen. Ich bin wagemutig, aber nicht lebensmüde! Er saß einfach da, als ich zu dem Autorenabendessen kam, das Chef organisiert hatte und auf dem ich unauffällig Protokoll führen sollte. Er saß da und grinste mich versaut an. Ich wurde rot und ging erst mal aufs Klo. Zum Glück saß ich dann weit von ihm weg an der anderen Seite des Tisches. Aber ich zitterte wie Espenlaub. Ist das nicht schrecklich, man arbeitet so hart an sich – Liegestütze, Psychoanalyse –, man ist wahnsinnig erwachsen und reflektiert, und trotzdem können manche (zum Glück wenige!) Männer einen in eine Vierzehnjährige verwandeln, die blöde kichert, ihre Zahnspange nicht im Griff hat und in ihren Haaren rumfummelt. Genauso war es. Ich konnte vor Aufregung nichts essen, trinken aber schon, ich hörte mich schrill lachen. Dass ich gerade den Witz erzählte, wo sich der Bär mit dem Hasen den Hintern abwischt, hörte ich leider erst nach der Hälfte, und da war es eh schon egal. Dann erzählte ich ihn auch fertig. Die anwesenden Journalisten lachten sich kaputt. Chef sah mich begeistert an. Richard redete mit der Frau zu seiner Linken. Aber im Rahmen der Blattkritik sagte er später mit einem Blick, der bis in mein Geschlecht reichte, dass es unserem Heft an Erotik fehlt.»Sex mit Tieren? Haha!«, ich grölte los. Mir war schlecht. Ich schwitzte. Zum Glück ist Chef kein guter Gesellschafter, und so zerstreute sich die Runde nach dem Nachtisch. Ich musste den Geschirrspüler einräumen, und während Chef meinen Hintern begutachtete, meckerte er, weil ich zu wenige Notizen gemacht hatte.»Aber der Witz, ich muss schon sagen ...« Ehe er mir jetzt auf den Hintern hauen konnte, richtete ich mich auf, trank noch mein Glas aus, in das ich alle restlichen Flaschen geleert hatte, und wankte hinaus.

Richard stand in der Toreinfahrt. Er strich mir die Haare aus der Stirn, hakte mich bei sich ein und winkte ein Taxi heran. In seiner Wohnung brachte er mich ins Schlafzimmer, zog mir meine Sachen aus. Ich zitterte immer noch und hatte kein Wort sagen können. Er brachte mir eine Wärmflasche und ein Glas Martini. Dann stellte er sich vor dem Bett auf und zog sich auch aus. Ich sah ihn mir an. Ganz kurze Stoppelhaare, kantiges Gesicht, kantiger, muskulöser Körper. Nackt ging er Musik anmachen.»Damien Rice, das brenne ich dir gleich mal, das passt zu dir, und Alt-J auch.« Nackt brannte er mir zwei CDs, räumte den Wäscheständer ab, schnitt mir ein Stück von dem Mohnkuchen ab, der vor dem Bett auf einem Tischchen stand, tanzte sanft zu der sanften Musik. Dann kam er zu mir ins Bett.»Zähne putzen musst du heute ausnahmsweise nicht und mit mir Sex machen auch nicht. Aber morgen bist du fällig.« Er küsste mir den Kuchen aus dem Mund.»Und jetzt wird geschlafen.«

Warum ficken wir am Freitag?

Nicht gesehen / wahrgenommen / gefühlt worden zu sein ist DER Vorwurf schlechthin gegen Beziehungsende. Habe ich aber noch nie einen Mann sagen hören. Männer würden, wenn sie denn reden würden, wahrscheinlich genau das Gegenteil sagen: *Die war wie die Stasi, wollte ALLES von mir wissen, hat aber nicht mal die Hälfte rausgekriegt, hehe.*
 Ich persönlich hab tatsächlich auch eine Schwäche für Gesehenwerden. Aber weil ich außerdem eine Schwäche für Geficktwerden habe und Richard nur Sex anbietet, habe ich mich kurzerhand für Sex entschieden. Eine Entscheidung, die ich noch keinen Tag und keine Nacht bereut hab. Erstens leckt er begnadet, zweitens fickt er ausdauernd und genau. Drittens schläft er nach dem Sex augenblicklich ein (nicht bevor ich gekommen bin, versteht sich), und ich kann ihn mir von oben bis unten ganz genau angucken.
 Nun hat aber der Teil von mir, der so dringend Aufmerksamkeit will, die ganze Zeit weiter gestänkert und mir beinahe den schönen Sex ruiniert mit Fragen wie: »Fickt der mich eigentlich jedes Mal gleich?« – »Fickt der eigentlich alle gleich?« – »Kennt der meinen Namen nicht, oder warum sagt er ihn nie?« – »Warum ficken wir nur zwei Stunden, obwohl ich drei will?« – »Warum ficken wir am Freitag spontan, statt wie verabredet am Samstag?« – Warum ficken wir nicht Freitag UND Samstag?« Das war die Hölle, sag ich Ihnen! Aber haben Sie schon mal 'ne innere Stimme abgestellt gekriegt? Genau!
 Und buchstäblich in letzter Minute, Richard war schon genervt, weil ich nicht mehr so die gut gelaunte Puppe war, die er kennengelernt hatte, hab ich mich mit 'nem Glas Wein (ohne Alkohol konnte ich Psycho noch nie) in mein Bett gesetzt und der Stimme ganz genau zugehört.

Und irgendwie verstehe ich inzwischen, warum Männer sich nicht mit ihren Innereien beschäftigen wollen, geschweige denn mit unseren. Mein Gott, ist das aufwendig. Da hat 'ne ungefähr Achtjährige eine Weinflasche lang vor sich hin gebrabbelt. Und die will, hat sich zum Glück herausgestellt, gar nicht speziell was von Richard, überhaupt nicht. Die will generell GAAAANZ VIIIIEL: Schokoeis. Dass jemand mit in ihrem Bett schläft. Erdbeereis. Die ganze Nacht Filme gucken. Dass jemand ihr den Rücken krault und den Blöden ringsrum sagt, dass die blöd sind, und den Schönen, dass die hässlich sind. Nusseis. Baden fahren, Kissenschlacht.

Ach du Scheiße, ich hab doch nicht zwanzig Semester studiert, um mir von einer Achtjährigen sagen zu lassen, wo es langgeht in meinem Leben. Aber was blieb mir übrig – ich hab ihr alles versprochen: jeden Tag eine Kinderaktivität, und im Gegenzug lässt sie ihre dreckigen kleinen Pfoten von meinem perfekten Love Life. Wir waren schon schwimmen (inklusive Dreimeterbrett), haben eine neue Eissorte probiert (Mohn), mitten im Sommer Tannenbaumplätzchen gebacken und Richard mit einem Mann mit Hund betrogen, den wir auf der Rutsche im Görlitzer Park kennengelernt hatten.

Und was soll ich sagen? Seit diese leicht idiotischen Aktivitäten fester Bestandteil meines Alltags sind, hab ich nix mehr gehört von dem Kind. Das ist abends so fertig, das schläft selig in seinem Pyjama mit den Teddys drauf (Zähne natürlich nicht geputzt), stelle ich mir vor. Und ich kann es mir ausgiebig von vorne und hinten, von oben und unten von Richard machen lassen, der sich total freut, weil ich wieder so nett bin wie am Anfang.

Nur eins irritiert mich. Gibt es noch andere Persönlichkeitsanteile, die mir heimlich dazwischenfunken, und mir ist das gar nicht bewusst? Zum Beispiel liebe ich es, an ihn gekuschelt dazuliegen, während er schläft, seinen halb erigierten Schwanz im Mund. Überhaupt habe ich seinen Schwanz oft in meinem Mund, scheint mir. Muss ich jetzt meine Mutter fragen, ob sie mich vielleicht nicht gestillt hat, oder geht das schon okay?

Soll man mal tauschen?

Der Leihkater – im Schlaf die Augen mit den Pfoten bedeckt – liegt neben mir. Dem geht's gut: Wenn er meine dicken Oberschenkel nicht sehen will, macht er einfach die Augen zu oder verlässt den Raum. Eigentlich bin ich geliehen, nicht er. Er wohnt immer hier, und weil seine beiden Chefs verreist sind, haben sie mich für ihn gebucht. Ich bin das Callgirl. Er ist so alt, dass er an Sex nicht mehr denkt, und auch früher hatte er nie eine Freundin, sondern hat lieber Bernhardiner gejagt. Im Grunde machen das die Menschenmännchen auch am liebsten: Bernhardiner jagen. Wieso die sich uns Frauen antun, ist mir nicht ganz klar. Sie tun es so halbherzig, dass für alle Beteiligten besser wäre, sie würden einfach sammeln und jagen und ab und zu ein Callgirl besteigen. Mich. Und dann wieder zurück an die Wii. Der Kater schnarcht. Erinnert mich an früher, als ich noch Sex hatte[*]. Nach dem Sex stehen die Männer ja nicht mehr auf, zumal wenn sie älter werden. Die bleiben liegen, selbst die abgebrühtesten Stecher schmiegen sich an und schnarchen einem ins Ohr. Der Kater schnarcht vergleichsweise leise.

Ehrlich gesagt, dachte ich, der stirbt, während ich hier bin. Seine Chefs lieben das zwanzig Jahre alte Tier so sehr, da kann er nicht einfach abkratzen, das bringt der nicht übers Herz, das macht er, wenn 'ne Frau da ist, die sowieso so dicke Oberschenkel hat, dass man es nicht mit ansehen kann. Aber es kam anders: Der Kater schläft sich mal richtig aus, bemüht sich nicht um Höflichkeit meiner Person gegenüber und frisst wie ein Scheunendrescher. Struppi hat schon wieder viel glänzenderes Fell und bestimmt ein paar Gramm zugenommen. Und mir tut das Arrangement auch gut, ich hab schon drei

---

[*] Jetzt hatte ich schon eine geschlagene Woche keinen mehr.

Artikel durchredigiert, seit ich hier bin, träume die tollsten Sachen, gehe durch die fremde Wohnung, fasse Nippes an, esse Lebensmittel, die ich selbst nie gekauft hätte, benutze Minzduschgel, das an den Schleimhäuten sehr sexy brennt, und genieße die Katergegenwart. Besser ein unhöflicher Kater als gar kein Kerl. Vielleicht sollte man so was immer mal machen: die Wohnung tauschen? Man kann natürlich auch Pech haben und in einem Leben enden, das noch trister ist als das eigene, aber hier hängt jede Menge lustige Kunst, und jetzt will der Kater doch mal schmusen, steigt elegant auf meine Oberschenkel, macht einen Buckel und legt sich dann auf die TassssssgjhgfjAAG wvj

Bin ich alt?

Manchmal bin ich so voller Gefühl, dass ich Angst habe, mein Herz könnte platzen. Und obwohl Liebe ja gewissermaßen virtuell ist, keiner hat sie je gesehen, für jeden bedeutet sie was anderes, sie kann also nicht viel echtes Gewicht haben, habe ich doch das Gefühl, dass mein echtes, physisches Herz überlastet ist von der ganzen Liebe. Es rast und rattert nach Momenten voller Gefühl und Innigkeit, und dann hab ich Todesangst. Mein Analytiker, den ich ja nicht umsonst in die Wüste geschickt habe, würde mutmaßen, ich wolle mich auf Liebe nicht einlassen.

Und selbst wenn es wahr wäre – in Momenten von Todesangst sind einem solche Spitzfindigkeiten egal. Ich sitze nachts in meiner Wohnung und traue mich nicht ins Bett, weil im Bett die meisten Leute sterben. Und wenn ich dann irgendwann so zermürbt bin, dass ich doch ins Bett gehe, ziehe ich vorher den Schlüssel ab, damit die Rettungskräfte an mich rankommen, wenn ich in Not oder gestorben bin. »Wenn man seine Zähne abends in ein Wasserglas legt, ist man alt«, sagte meine Mutter immer. »Wenn man graue Haare am Sack hat, ist man alt«, sagte mein Vater. Ich sage, wenn man nachts den Schlüssel abzieht, ist man alt. »Ach was«, sagt Richard, der heute seit Wochen zum ersten Mal wieder Lust hatte, mit Kuchen vorbeizukommen, mitten in der Nacht, mit Kuchen! Wahrscheinlich hat das seine Mutter gesagt: »Wenn du zu einer Frau gehst, nimm Kuchen mit.« Man sollte wirklich nicht auf seine Eltern hören, aber süß ist es. Als ich ihm die Sache mit dem Schlüssel und dem Herzrasen erzähle, nimmt er mich pflichtgemäß in den Arm (»wenn eine Frau kurz vorm Heulen ist, nimm sie in den Arm, Junge«) und sagt, wenn ich so viel Liebe nicht vertrage, könnte er mich auch einfach ein bisschen ohne Liebe bumsen, so eher beiläufig, beim Kuchenessen.

Bin ich Expertin?

Ich hab was mit einem verheirateten Mann angefangen. Ja, Sie lachen, mir ist eher nach Heulen. Zu allem Überfluss wohnt er auch noch in Weilheim, das sollte man mal unter die Ausschlusskriterien aufnehmen: *kein Unterhemd unterm Oberhemd* und *aus Weilheim*.
    Dabei hat alles ganz wunderbar angefangen. Also an den richtigen Anfang kann ich mich aus Gin-Tonic-Gründen nicht mehr genau erinnern. Aber sobald er in meinem Bett war und mich so wellenbadmäßig immer wieder sanft hochschaukelte, auch Pausen für Würstchen und Kartoffelsalat waren drin, war ich hellwach und hin und weg. Der nächste Morgen war auch phänomenal. Er war der erste Mann in meinem Leben, der mir zum Frühstück Pfannkuchen

machte. Premieren kriegt man ja in meinem hohen Alter nicht mehr so oft, außer jemand zeigt einem, dass es noch stümperhafter geht als geahnt. Leider musste er nach den Pfannkuchen zurück zu seiner Frau. Beim tränenreichen Abschied schwor er, sich von ihr, die ihn ohnehin weder verstand noch wertschätzte, zu trennen.

Das ist jetzt sechs Wochen her. Ich bekomme jeden Morgen eine MMS mit dem Bild einer gefüllten Kaffeetasse, so ist es nicht. Der Mann bleibt dran, der engagiert sich. Ich stelle mir vor, er stellt sich vor, dass wir zusammen Kaffee trinken. Aber den Kaffee von der MMS kann ich nicht trinken. Dabei trinke ich sehr gern Kaffee. Mein Kaffeekonsum ist ziemlich angestiegen, seit die MMS kommen, ich muss mir dann immer sofort einen echten Kaffee kochen. Aber den kann ich nicht mit ihm trinken. Er ist nämlich nicht da, sondern in Weilheim bei seiner Frau. Zum Stand der Trennung sind die Informationen kryptisch, klar, geht mich auch nichts an, da muss er alleine durch. Es ist hart, schreibt er, sie machen jetzt Therapie, um sich auf Augenhöhe gegenüberstehen zu können, was ja Voraussetzung für eine erwachsene Form der Trennung ist.

An der Stelle bin ich dann doch stutzig geworden. Ich mag ja nicht so die Beziehungsexpertin sein, aber über Trennung weiß ich Bescheid. Trennung muss sein wie Pubertät: hässlich, ungelenk und eklig. Die Begriffe Trennung und erwachsen schließen sich meiner Ansicht nach aus. Leute, die sich erwachsen trennen, haben bis zum Sanktnimmerleinstag ein gemeinsames Konto, verbringen die Sonntage miteinander und erzählen sich alles. Oder sie bleiben gleich in einer Wohnung wohnen. Deshalb frage ich mich allmählich, ob diese Frau am Ende des Jahres eine frisch durchtherapierte Beziehung und einen Mann auf Augenhöhe hat und ich Sodbrennen und 291 Fotos von gefüllten Kaffeetassen.

Bin ich offen?

o2 ist so halbwegs der Einzige, der mir SMS schickt. Ich wabere durch meine picobello aufgeräumte 90-Quadratmeter-Wohnung, ordentlich angezogen, mit einem freundlichen Gesicht, und stelle mir ein Leben vor. So eins mit eigenem Mann, der über Kochkünste verfügt und über ein gewisses Interesse an Frauenthemen wie Mode und Menstruation. Vorstellen bringt aber nicht viel. Rausgehen müsste ich. »Oder denkst du, es klingelt irgendwann einer und bietet dir seinen Luxuskörper und sein Leben an?«, fragt Natalie manchmal genervt. Die hat gut reden. Bei der klingelt immer wer, hab ich den Eindruck, so blond, wie die ist, das spricht sich rum in der Welt. Bei mir war es letztens die Feuerwehr, als es klingelte. Die aufmerksamen Leute von gegenüber hatten »Feuerschein« gemeldet. Jetzt standen also grinsend zwei propere Feuerwehrmänner in meinem Bad und sagten: »Dann wolln wir mal wieder. Wenn wir vorbeikommen sollen, stellen Sie einfach noch mal die rote Kerze ins Fenster, junge Frau.« Aber es war gelogen. Inzwischen sind die roten Grablichter alle. Ich kaufe keine neuen, sondern setze das freundliche Gesicht ab und schleppe mich dahin, wo sich Leute aufhalten. Yoga. Wollte ich schon immer mal probieren. Geht nur in Gruppen. Bei meinem sogenannten Kiezyoga sind alle weiblich und schwanger oder hässlich. Außerdem riecht es nach weißen Bohnen. Ob die Lehrerin (auch schwanger) in dem ranzigen Souterrain wohnt? Ich kriege meine Oberschenkel nicht halb so hoch wie die Gebärenden. Und wenn ich ehrlich bin, will ich statt »macht euren Brustraum ganz weit auf« eigentlich mal wieder hören: »Mach die Beine auf, Baby.« Hartnäckig und ein bisschen böse bleibe ich bei der Sache, trainiere und schwitze und öffne meinen Brustraum. Wartet nur ab, ein paar Wochen in der Klitsche hier, und ich bin weit und offen –

da streicht der Wind durch mich durch, als wäre ich ein Flussbett mit Alligator. Offensichtlich macht Bewegung Lust auf mehr Bewegung. Tanzen. Vielleicht später Sex. Aber im Jack's ist nur ein Mann, der infrage kommt, und den hat schon Natalie hypnotisiert. Gleich rinnt ihm Speichel übers Kinn. Ich wende mich ab und hole mir ein Glas Wein. Ich glaube, ich hatte noch nie Sex ohne Alkohol. Also schön eins nach dem anderen. An der Bar spricht mich einer an, so ist es nicht, Reinhold Messner in sechzig Jahre jünger. Als ich ihn abblitzen lasse, lädt er nach dem kürzesten Anbahnungsgespräch aller Zeiten eine andere Frau auf seine Schulter und trägt sie raus. Von ihr keinerlei Abwehr. Wollen wir Frauen wirklich im wahrsten Sinne des Wortes genommen werden? Meine Instinkte krächzen hektisch: Neineinein. Oder sind das meine Über-Ichs? Natalie tanzt inzwischen Bebop mit dem Speichler. Wo hat sie das gelernt? Sieht gut aus. Immer ist sie mir einen Schritt voraus. Offen, wie ich neuerdings bin, verabschiede ich mich mit einem maliziösen Lächeln, steige hoch in meine Wohnung und schiebe mir den großen hellblauen Bruder von *Bunny* vors Loch.

Ist ein Haar in der Suppe?

Ich bin total das nette Mädchen. Wenn Sie nach 'nem Euro fragen, ich gebe Ihnen garantiert einen. Wenn eine Gruppe Testosteron-Türken den Radweg blockiert, steige ich ab und gehe mit einem milden Lächeln an ihnen vorbei. Wenn in der Disco wer brechen muss, halte ich ihm die Haare aus dem Gesicht. Ich bin die Mutter Teresa von Kreuzberg. Jeden Morgen um sechs stehen an die hundert Kranke und Versehrte vor meiner Tür, die ich erst mal beköstigen und verarzten muss, ehe ich zwanzig Kilometer joggen gehe. Unterwegs nähre ich noch den einen oder anderen Mitläufer an meinen prallen Brüsten, und wenn ich nach einer Stunde heimkomme, klingelt schon das Telefon, weil Künstler und Möchtegern-Künstler, die sich extra den Wecker gestellt haben, anrufen, um über die konsumgeile und dumme Gesellschaft zu jammern, die nichts mit ihrer Kunst anzufangen weiß, beziehungsweise um über geldgeile Galeristen und Verleger und korrupte und ausnahmslos dumme Kritiker zu schimpfen. Mittags ruft gern mein Vater an, um sich ein bisschen über mich (hässlich, unfähig, trantütig) lustig zu machen und mir dann zu verklickern, wie toll er selbst ist. Schließlich gibt er den Hörer an seine Frau weiter, die auch sehr toll ist, weshalb sie sich ausgiebig von mir bewundern lässt. Meine Schwester ruft an, um mir zu sagen, dass ihr letzte Nacht eingefallen ist, wie man meine Wohnung mal ein bisschen gemütlicher einrichten könnte. Nach diesen Telefonaten habe ich nicht wirklich Hunger, aber weil meine Mutter kurz vor ihrer Abreise noch gesagt hat, dass gesunde Ernährung essenziell ist, koche ich mir eine wohlschmeckende Suppe aus Haferflocken, Wasser und einer halben Stevia-Pille. Nach dem Mittag helfe ich im Altenheim aus, wo Frau Rübsam mich, Gott weiß warum, immer anspuckt, kaum dass ich durch die Glastür getreten bin. Die anderen wollen dösen und hassen es, mit mir Ball zu spielen, aber ich weiß, dass Ballspielen die Reflexe schult und linke und rechte Hirnhälfte in Harmonie bringt.

Gegen fünf habe ich frei, ich gehe heim, lese die *FAZ*, die *SZ* und die *taz*, und wenn Mittwoch ist, koche ich etwas für meinen neuen Freund und mich. Er hat keine Blumen mitgebracht, das war aber sowieso nicht nötig. Wir sitzen beim Abendessen in meinem durchaus gemütlichen Wohnzimmer. Er blickt halb angewidert, halb vorwurfsvoll auf das scharfe Curry, das er wegen seiner Gastritis nicht essen kann. Sein Arzt hat gesagt, sagt er, dass er sehr sensibel ist und einen Reizmagen hat.

Und wissen Sie, Reizmagen (je nach Situation auch Katzenallergie, Laktoseunverträglichkeit, Neurodermitis oder Heuschnupfen) ist dann mein Stichwort. Ich stehe auf, hole mein Lieblingsmesser aus der Küche, lege meine weiße Bluse ab, weil ich bestimmt gleich schwitze, und führe einen Tanz auf, einen energetischen Tanz voller

Schönheit und Eleganz, der mich belebt – meinen Freund eher nicht – und der mich zutiefst beglückt. Die Mülltonnen bei mir im Hof sind ohnehin nie voll. Ich hacke und schneide, entsorge meinen toten Freund und wische durch. Hinterher gehe ich noch schnell ins Internet und mache auf FriendScout ein Date für nächsten Mittwoch 19 Uhr aus, dann dusche ich, gehe mit einer Wärmflasche ins Bett, bis am nächsten Morgen pünktlich halb sechs mein Wecker klingelt.
 Ich finde, wenn man ein Leben führt, das einen glücklich macht, ist das doch das Allerbeste. Man muss schließlich nicht zwanghaft nach dem Haar in der Suppe suchen, wo kein Haar ist. Es kommt nur auf die richtige Balance aus Geben und Nehmen an. Und ich habe sie gefunden, was mich sehr. sehr glücklich macht. Wirklich. Haben Sie nächsten Mittwoch schon etwas vor? Ich kann wirklich hervorragend kochen ...

Rede ich zu viel?

Solange ich meine Stimme höre, kann ich sicher sein, dass ich noch lebe. Meine Stimme beruhigt mich ungemein. Geschichten beruhigen mich auch sehr. Solange Geschichten erzählt werden, ist alles paletti. Da ist es ja nur logisch, dass ich mir immer mal selbst eine erzähle. Auch die Geschichten, die ich im Job korrekturlesen muss, beruhigen mich, selbst wenn sie von Kampfhunden handeln.
 Nach der Arbeit koche ich mir Suppe, lackiere meine Nägel im neuesten Schlammton und rede ein bisschen was. Nichts Besonderes. Ich kenne viele Gedichte auswendig, die ich mit Betonung vortrage, oder ich kläre ein Problem, das ich aus meinem Job bei

der Zeitschrift *Haustierhaltung heute* mit nach Hause gebracht habe. Ich höre meine Stimme gern. Männer hören meine Stimme auch gern. Letztens hab ich damit einem Kerl, Typ Wirtschaftsmagnat, am Telefon zwei ganzseitige Anzeigen für unser nächstes Heft aus dem Kreuz geleiert. Danach hat Chef mir den Nachmittag freigegeben, und der Magnat wollte mich unbedingt treffen. Doch im Gegensatz zu meiner Stimme bin ich wohl eine Enttäuschung gewesen. Na ja, selbst der neueste Schlammton reißt die Optik nicht immer raus. Ich hab ihn nicht mal bis in mein Bett gekriegt, wo ich garantiert keine Enttäuschung gewesen wäre. Aber auch im Bett rede ich gern. Wenn ich schon nicht weiß, wo unten und oben ist, die Wellen über mir zusammenschlagen und ich gerade mit Mann und Maus untergehe, will ich wenigstens meine Stimme hören. Zum Glück hat mich bereits vor langer Zeit einer weg von den Gedichten hin zu Sextalk geführt – sodass Männer es eigentlich mögen, wenn ich im Bett rede. Und falls das Reden einem wider Erwarten doch zu viel wird, kann er immer noch selbst was sagen. Am besten gegen mein Schlüsselbein; Wenn er eine tiefe, gute Stimme hat, vibriert mein ganzer Körper und bebt und birst schon wieder, und ich, vom ersten Mal noch klatschnass und halb bewusstlos, gehe gleich noch mal mit Mann und Maus unter. Aber das passiert selten. Die meisten sind eher stumme, stoische Ficker. Vielleicht ist ein einzelner Mann einfach zu wenig für eine Frau wie mich. Stellen Sie sich nur mal vor, wie das sein müsste, wenn die ganze Besatzung an Deck wäre, und alle Löcher und alle Lecks wären gestopft. Dann gäbe es doch nichts mehr zu sagen. Oder?

Verfügt mein Leben über ausreichend Dramatik?

Heute war ich mal wieder bei meinem Osteopathen. Er saß neben der Liege, auf der ich (angezogen) lag, und hatte eine Hand unter meinem Kopf, eine unter meinem Steißbein. Ohne uns zu rühren, machten wir das eine Dreiviertelstunde, so lange eben, wie die Sitzung dauerte, für die ich fünfzig Euro zu zahlen habe. Und was soll ich sagen – meine letzten hundertsiebenundzwanzigmal Sex waren weniger beeindruckend als diese Sitzung. Im Grunde lief es genau in umgekehrter Reihenfolge ab als Sex. Erst spürte ich gar nichts, dann passierten von Fußkribbeln über Bitzeln im ganzen Körper bis hin zu Ängstlichkeit allerlei sehr aufregende Dinge, und nach dieser Dreiviertelstunde war ich (bin es m Grunde noch) voller Gefühl, voller Wärme, voller – nennen wir es ruhig so – Liebe. Sex dagegen fängt ja immer sehr gefühlvoll an, irgendwann auf der Hälfte des Weges verlieren einen die Jungs, und während man ernüchtert in den Straßengraben kollert, strampeln sie ihrem Orgasmus entgegen.

Irgend so ein Dienstleister verhilft mir kostengünstig zu größeren Sensationen als all die Liebhaber, die ich für ein bisschen Kribbeln in den Füßen auch noch loben muss und schlimmstenfalls ein Wochenende lang ertragen, für die ich ins Solarium und mich verstellen muss? Da ist doch was faul. Kann ch besser entspannen, wenn ich mir keine Sorgen um mein Gegenüber machen muss, weil ich es ja angemessen bezahle? Oder ist generell zu wenig los in meinem Leben, und meine Erwartungen an Sex sind deshalb viel zu hoch? Ich hab mich noch nie geprügelt, hab mir noch nicht mal den Arm gebrochen. Ich war noch nie in Gefahr. Ich bin noch nie um die Welt gesegelt. Ich hab noch nie meine Beine nicht gespürt. Ich fürchte, ich bin ein wenig langweilig. Ein multipler Orgasmus könnte mich eventuell über diese Tatsache hinwegtäuschen.

Spielt die Größe eine Rolle?

Letztens wunderte ich mich schon, warum dieser Typ den ganzen Abend von *Ice Age* redete, das ja nun auch schon eine Weile um die Ecke war. Angesichts der Qualität unserer sexuellen Begegnung vermute ich heute, er identifiziert sich mit dem Mammut oder dem Säbelzahntiger. Aber nicht, weil sein Sex so wild und urwüchsig wäre, sondern eher, weil er's auch nicht mehr lange macht. Hoffe ich jedenfalls. Männer mit so kleinen Schwänzen gehören ausgestorben. Zumindest wenn sie so unhöflich, großmäulig, scheiße angezogen sind, kein Deo benutzen und so geizig sind, dass sie zu den Pralinen, die sie dabeihaben, zweimal den Preis sagen, wie Manni Mammut.

Sehen Sie, mir fällt wieder nur Sex ein, dabei soll es doch mal um Liebe gehen bei mir. Aber Liebe hab ich nicht zu bieten. Und wenn ich ehrlich bin, ist mein Sex neuerdings auch nicht der Rede wert, Feuerwerk-der-Leidenschaft-mäßig. Na ja, wenigstens ist er komisch. Das Mammut zum Beispiel hat mich vorzüglich befriedigt, der Typ wusste eindeutig, was zu tun war, aber er hat es getan, wie er eine Kaffeemaschine entkalken würde: effizient und leidenschaftslos. Irgendwann mitten in die nüchternste Nüchternheit sagte er: Ich rede mal ein bisschen was. Begeistert lag ich in Habachtstellung. Meine Begeisterung wich allerdings einer gewissen Fassungslosigkeit, als mir klar wurde, dass er nicht Sextalk machte oder meinen Körper lobte. Nein, der Mann erzählte, während er mich entkalkte, vom letzten Urlaub mit seiner Exfrau. Uruguay,»sobald man eine Bananenschale wegwirft, kommt aus irgendeinem Gebüsch eine Echse geschossen«. Mir ist heute noch erstens unverständlich und zweitens ein bisschen peinlich, dass ich innerhalb kürzester Zeit zweimal kam. Uruguay hat sich ganz offensichtlich bewährt.

Dabei will ich eigentlich nichts als Liebe. Aber zur Liebe kommt es nie. Ich bin schon sehr verzweifelt. Ständig lasse ich was fallen oder ziehe meine Sachen linksrum an. Vielleicht bin ich auch nur aus dem Lot, weil in letzter Zeit dauernd Vollmond ist. Mein weißer Körper liegt dann immer in diesem irren Licht, ich setze meine Schlafbrille auf, aber das hat gar keinen Sinn, ich kann nicht aufhören, mich nach meiner anderen Hälfte, nach meinem Menschen, nach IHM zu verzehren, zu viel zu trinken und Männer in mein Bett zu schleppen, die da nichts zu suchen haben.
Kürzlich hatte ich mich dann wider Erwarten tatsächlich einmal verliebt. Aber gleich zu Beginn dessen, was ich für unser zweites Date hielt, ich hatte mich schon gewundert, warum er mich nicht zum Essen einlud, sagte er noch in der Tür zu meiner Wohnung, dass er an einer Beziehung nicht interessiert sei, frisch getrennt, das müsste ich verstehen, aber mit mir ins Bett gehen würde er schon gern. Wieder ein Mammut. Musste früher nicht freundlich sein, wer ficken wollte? Zum Glück haben wenigstens nicht alle Aussterber kleine Schwänze.

Bin ich ein nettes Mädchen?

Eine Nacht mit dem Mammut. Besser gesagt: eine halbe Stunde – und zwar eine halbe Stunde, die ich mir mal wieder hätte sparen können. Der fickt, als gelte es, während des Fickens an möglichst wenigen Stellen mit mir in Berührung zu kommen. Wieso er es überhaupt tut, ist mir nicht ganz klar. Zumindest geht er hinterher total zufrieden nach Hause. Sieht jedenfalls so aus. Und ich – ich würde ihn am liebsten anrufen, noch bevor er Gelegenheit hat, aus meinem

Haus auf die Straße zu treten, und ihn auf das Übelste beschimpfen. Dabei hab ich selbst gehört, wie ich mich vorhin bedankt habe, als er in der Tür stand und raus wollte, ohne mir einen Abschiedskuss zu geben, wie ich gesagt habe, dass er mir gutgetan hat und wiederkommen soll. Er seinerseits hat nichts Nettes gesagt. Ich bin so blöd, ich versaue auch noch selbst die Preise. Aber wo er doch den kleinsten Schwanz der Welt hat, kann ich nicht auch noch auf ihm rumhacken – denke ich. Und wohin jetzt mit meiner Wut? Raus! Auf jeden Fall raus, auch wenn der Typ längst weg ist. Unterdrückte Wut macht mindestens Magengeschwüre. Ich baue mich breitbeinig vor dem großen Flurspiegel auf, Hände in die Hüften, Kinn vor, und lasse einen Brüller los. Dann noch einen. Und dann schreie ich alles raus: Sex mit dem Mammut ist scheiße! Total scheiße ist das! Extrapipikacke und scheiße. Und ich kann auch ganz genau sagen, wieso:

Wenn Mammut und ich ficken, ficken wir nämlich, als hätten wir von Mörtl Lugner geliehene Klamotten an.

Wir ficken, als stünden zwei Rollstühle neben dem Bett.

Wir ficken, als wollten wir uns nicht näher kennenlernen.

Wir ficken wie Tag und Nacht. Wie Feuer und Wasser. Wie rote Haare und lila Jacke.

Wir ficken wie mit Siebenmeilenstiefeln.

Wir ficken, als hätten wir höchst ansteckende Krankheiten. Jeder eine andere.

Wir ficken wie zwei, die bei Bauch, Beine, Po zufällig eine Übung gemeinsam machen müssen.

Wir ficken wie zwei Edwards mit den Scherenhänden.

Wir ficken, als müssten wir gleich kotzen.

Wir ficken, als hätten uns unsere Mütter eindringlich vor dem Ficken gewarnt.

Wir ficken, wie Kollegen gemeinsam ein Geburtstagsgeschenk für den Chef kaufen.

Wir ficken wie auf Zehenspitzen.

Wir ficken, als kennten wir uns nicht so aus und wüssten nicht, dass man statt auf Zehenspitzen auch auf Teufel komm raus oder um sein Leben ficken kann.

Wir ficken wie der Typ aus *Pushing Daisies*.

Wir ficken, als ginge es leider nicht anders.
Wir ficken wie runter von einem Wolkenkratzer. Im Lift auf dem Weg zwischen Etage 1 und 0.
Wir ficken wie fernmündlich, wie schriftlich, wie vergebens.

Jetzt geht's mir besser. Falls Sie auch mal wen beschimpfen müssen, das mit dem Flurspiegel kann ich empfehlen. Oder noch besser: Seien Sie kein nettes Mädchen, sondern beschimpfen den, der es immer noch nicht draufhat. Schlechter Sex ist wirklich unverzeihlich.

Bin ich anders?

Seit mein Analytiker, sonst hat er eher nicht so viele Worte verloren, vier Jahre lang jede Woche mindestens einmal gemurmelt hat: »So toll, wie Sie immer behaupten, kann Ihr Sex nicht sein«, habe ich Sex wie aus dem Bilderbuch. Besser gesagt, habe ich Sex wie aus so einem Pappbilderbuch, an dem Kleinstkinder rumlutschen. Um mich Walfischweibchen[*] abzubilden, wird glatt eine Doppelseite gebraucht. Da passt kein Walfischmännchen mehr mit auf die Doppelseite, da passt im Höchstfall eine beinahe sexy kleine Fontäne noch aufs Bild, die mir aus dem Hinterkopf schießt. Walfische haben nicht mal Hände zum Masturbieren und sind so keusch, dass sie in praktisch jedem dieser Pappbilderbücher vorkommen.

Sooo toll, ich geb's ja zu, war mein Sex früher tatsächlich nicht. Das hatte immer was von DDR-Leistungssport, wenn ich mich ker-

---

[*] Ich weiß, dass Wale nicht zu den Fischen zählen, sondern zu den Säugetieren ... Klugscheißer.

zengerade an der Kreidelinie aufgestellt habe, um dann halsbrecherische Pirouetten vorzuführen, dass dem Publikum ganz blümerant wurde. Ich hab's in jeder Stellung gemacht, mit zweien, mit dreien. Zu Fuß und zu Pferd. Nun hat mein Analytiker zwar bewirkt, dass ich als passionierte Singlefrau mich in eine Beziehung begeben will. Wofür ich ihm an dieser Stelle herzlich danken möchte. Aber wenn ich so in meinem Bett liege, das Licht stimmt, die Musik ist wunderschön, dann kann ich mich einfach zu keinerlei Höchstleistung mehr aufraffen. Am liebsten würde ich nur ein Stück rutschen, damit der Betreffende mit auf die Doppelseite passt, und dann lassen wir abwechselnd kleine Fontänen aus unseren Hinterköpfen schießen, während er meine langen Wimpern betrachtet und ich schöne Wörter spreche. *Alraune* und so.

Ich glaube, sexmäßig habe ich noch was zu klären, bevor ich mich in eine Beziehung begeben kann. Sonst wird das die langweiligste Beziehung aller Zeiten, sonst brauche ich nämlich nur das Bilderbuch zu wechseln und kann bei *Hänsel und Gretel* einsteigen oder bei *Brüderchen und Schwesterchen*. Wer will denn so was. Und kaum habe ich den Gedanken zu Ende gedacht, möchte von Facebook aus einer, der mir schon lange gefällt, in mein Bett kommen. Der schreibt vielleicht Sachen ...! Sachen, von denen ich zwar schon mal gehört habe, aber dann doch eher im Radio. »Male dom« sei er – oder »anders«, aber am liebsten »male dom«. Bin ich »fem sub« oder »fem dom« oder »anders«?

»Was ist eigentlich ›anders‹?«, frage ich halbwegs beiläufig zurück. Man will sich ja keine Blöße geben.

»Normal halt meistens«, schreibt er.

»Magst du's tranig und schwer?«, will meine Walexistenz schon antworten, aber dann kriege ich doch ein kleines bisschen Lust. Wie bin ich eigentlich? Was will ich? Könnte man ja eventuell wissen mit fünfunddreißig. Die Stelle über dem Hintern massiert kriegen? Ja! Jemandem Sachen antun, dass er vor Geilheit miaut? Jaja! Ein bisschen hart angefasst werden? Jajaja! Und was davon jetzt am meisten? Am meisten, stelle ich erschüttert fest, bin ich gar nicht sexuell. Meine Begeisterung fürs Fleischliche beschränkt sich offenbar seit geraumer Zeit auf Wiener Schnitzel. Und in einem Anflug von Kühnheit schreibe ich dem Mann, dass er ja bei Gelegenheit ausprobieren kann, wie ich bin. Mal sehen, was er so rauskriegt, ich halte Sie auf dem Laufenden.

Bin ich exotisch?

Kaum ist ein Typ um die Ecke, hab ich ihn auch schon vergessen. Ich trauere keinem hinterher, sondern gehe zur Tagesordnung über, lackiere mir die Nägel oder koche mir was. Das hat schon zu seltsamen Situationen geführt – wenn zum Beispiel der Typ nur zum Späti gegangen war, um neue Gummis zu holen, und ich bei seiner Rückkehr mit Gesichtsmaske am Küchentisch saß und Pasta löffelte.

Zum Glück finden Männer alles, aber auch alles, was sie an Frauen nicht verstehen, total aufregend und exotisch.

Ich scheine allerdings mit meiner Vergesslichkeit eine Ausnahme zu sein. Bei den anderen ist es genau andersrum: je länger weg, desto präsenter. Man denke nur daran, dass jährlich Millionen Leute Ritter Kalbutz besuchen oder meinem Neffen auch beim fünften Buch von irgendwas mit Urmenschen und Mammuts nicht langweilig wird. Mammut ... Da war doch was?!

Stimmt! Der Typ (Namen hab ich vergessen), der kein Deo benutzt, mit Mitte vierzig noch Unterhosen von C&A (Sechserpack) trägt und noch nie was Lobendes über mich oder meinen Körper gesagt hat.

Männer Mitte vierzig, selbst Pseudointellektuelle wie das Mammut, huldigen in der Regel einem Männlichkeitsideal, das mir irgendwie unzeitgemäß zu sein scheint. Ich meine, wieso muss einer denn nach Schweiß riechen, wo doch Dior diesen neuen extramaskulinen Duft erfunden hat, der mich reihenweise in Ohnmacht fallen lässt? Wieso muss einer denn die Sachen auftragen, die Mutti ihm zu Beginn seines Studiums geschenkt hat, wo es gerade Herrenmode gibt – meinetwegen sogar mit Totenkopfring und Feinripp –, die so herrlich martialisch daherkommt? Wieso muss einer denn wie der letzte Stiesel Flirt und Sextalk verweigern, wo sie doch heutzutage statt *Reinlichkeit ist eine Zier* in die Küchenhandtücher sticken: *Wer ficken will, muss freundlich sein*. Aber wahrscheinlich hat er das gar nicht mitgekriegt, weil: kochen kann er ja auch nicht.

Ich weiß, ich sollte Sie mit meinen Singleschlampentheorien verschonen. Aber ich bin wirklich der Ansicht: Männer ab, sagen wir, vierundvierzig können jetzt echt mal aussterben. Sie finden das grausam und/oder herablassend? Dann kommen Sie bei Gelegenheit in meinem Spinning-Kurs vorbei: Falls dann einer Mitte vierzig dabei ist, können Sie in aller Seelenruhe Ihren Arsch darauf wetten, dass er seinen Schweiß (und er schwitzt wie ein Schwein) eine Stunde lang genüsslich auf den Boden tropfen lässt, wo sich kleine Schweißlachen bilden, die irgendwann in den ekligen Schweißsee in der Mitte des Raums münden[*]. Was meinen Sie, wie das Kloverhalten von so einem ist? Genau!

Die leckeren Männer unter Mitte vierzig dagegen haben zwar keine Radlerhosen an, bei denen man die Eier aber auch ganz genau begutachten kann, sondern was Unauffälliges, aber sie wischen sich hin und wieder sehr sexy mit dem mitgebrachten sauberen Handtuch den Schweiß von Gesicht und Nacken und lächeln freundlich in meine Richtung, statt verschämt Blicke unter der Achselhöhle hindurch zu werfen oder laut einen Song aus den Sechzigern zu pfeifen.

Was wieder nicht mehr geht, sind Männer unter fünfundzwanzig. Kann mir aber egal sein, weil die so metrosexuell und anorektisch sind, dass sie es gar nicht erst aufs Rad schaffen. Und wenn sie es doch schaffen würden, könnten sie nicht ertragen, dass nach ein paar Minuten dieses schweißtreibenden Ausdauertrainings einfach jeder scheiße aussieht.

---

[*] Falls Sie vermuten dass der Spinning-Typ (*Wie lange halte ich noch durch?*) eine Pleite war, liegen Sie richtig.

Hab ich nicht wahnsinnig Glück? Ich nehme einfach die unter vierzig und über dreißig. Das ist doch eine ziemlich große Gruppe. Alle für mich! Aber das wusste ich auch vorher schon, da hätte ich jetzt nicht so weit ausholen müssen. Wie waren wir noch mal auf das Thema gekommen? Späti ..., Gummis ..., Gesichtsmaske ...??? Egal!

Bin ich sexsüchtig?

Manche Leute muss man vor sich selbst schützen. Und der Nebensatz hierzu ist nicht etwa: »Sonst ernähren sie sich ausschließlich von Kohlenhydraten.« Ich hab nichts gegen Kohlenhydrate, ganz im Gegenteil! Noch das wertloseste Kohlenhydrat ist in der Lage, mich weitaus glücklicher zu machen als zum Beispiel Manni Mammut. Außerdem führt der Genuss von Kohlenhydraten beinahe zwangsläufig ins Fitnessstudio, weil man sonst nämlich fett wird. Und Fitnessstudio ist ja nun DER Glücklichmacher schlechthin. Natürlich nur, wenn man nicht bei Bauch, Beine, Po hängen bleibt, weil man da seine Problemzonen vermutet. Unsere Problemzone, Girls, ist das Schwarze Loch in uns drin, das in der Literatur Seele heißt und uns schließlich aufsaugt und verschlingt, wenn wir nicht mit aller Macht dagegen ankämpfen, indem wir also Kohlenhydrate essen, uns mit lustigen Männern umgeben, im Fitnessstudio boxen, hardcore-radeln und uns beim Zirkeltraining ein debiles Grinsen ins Gesicht schwitzen. Apropos debiles Grinsen: Das kriegt man doch immer noch am allerbesten mit Sex hin, hab ich gemerkt, als sich letztens einer dieser Hauptstadttouristen meiner angenommen hat, ein blondgelocktes Kerlchen aus Knödelland, das sich aber so was von auskannte mit dem Knödeln, mir wird heute noch ganz anders, wenn ich daran denke! Und kaum hatte mein Körper Morgenluft gewittert, sich an Sex erinnert – Knut Knödel war zum Glück am Sonntag abgereist, ehe ich ihn wegen seines Dialekts hatte erschlagen können –, gab es kein Halten mehr. Ich konnte nicht schlafen, nicht stillstehen, nicht denken. Ich konnte nur noch Sex. Also nahm ich meinen restlichen Jahresurlaub und stürzte mich ins Nachtleben. Zwei Wochen lang hatte ich den gesamten Sex der Hauptstadt! Und als der Sex dann alle war, die Touristen Weihnachtsgeschenke kaufen und Glühwein trinken wollten und keiner mehr an Vögeln dachte, bin ich wieder ins Büro. Was war das anstrengend: Mein Körper war die ganze Zeit drauf und dran, eine Rolle vorwärts zu machen, ich musste ihm morgens drei verschiedene Miniröcke wieder vom Arsch reißen, ehe er sich zu einem Businesskostüm überreden ließ. Mittags kaufte ich beim Italiener um die Ecke Pizza für alle, damit mein Körper – satt und schwer – mal für fünf Minuten keinen Sex wollte. Vergeblich. Ich ertappte mich sogar dabei, Chefs Mitte zu mustern. Und während ich mich letzten Donnerstag um kurz nach sechs im Flur vor dem Kaffeeautomaten gerade noch beherrschen konnte, hab ich gestern während der Betriebsweihnachtsfeier, Chef war schon frühzeitig besoffen, den Freelance-Grafiker in mein Büro gebeten, und dann haben wir in fröhlicher Eintracht unter meinem Schreibtisch gelegen und mit den Zähnen Dominosteine entkernt, er mag lieber das Gelee, ich lieber das Marzipan.

Und gibt es nicht Gelee und Marzipan genug, um allen Hunger dieser Welt zu stillen? Der Grafiker hat daheim einen Hund und eine On-and-off-Freundin zu versorgen. Und wenn ich nach dem Knuspern heimkomme, hab ich doch noch Appetit auf den Flying-Sushi-Mann. Das muss der Winter sein, da braucht der Körper einfach ein bisschen Hitze. Essen hilft. Sex hilft. Aber am sichersten wirkt doch wirklich Essen *und* Sex – finde ich und frage mich, ob man mich wohl vor mir und meiner Gier schützen sollte.

Bin ich das Kind meiner Eltern?

Dass ich von meinem Vater abstamme, ist klar: hässliche Füße, Wasserträgerfüße, sagt seine Frau gerne verächtlich und zeigt uns dann noch einmal ihre zum Vergleich – Herrscherinnenfüße. Und sie hat ja recht. Wir sind stark, ich wie mein Vater. Echte Mulis, allerdings mit Neigung zu Migräne. So weit so gut, aber mich als Kind meiner Mutter zu sehen fällt mir schwer. Als Kind meiner Mutter müsste ich doch ein wenig Schönheit abbekommen haben, ein wenig Glamour und Extravaganz müssten mich umwehen. Stark geschminkt, leicht bekleidet, verstand sie es, Männer um den Finger zu wickeln, sie für sich einzunehmen, dass sie gegen alle Vernunft bei dieser alleinstehenden Mutter zweier Kinder bleiben wollten.

Mich, so stelle ich mir vor, hat mein Vater mit der Klofrau am Leipziger Hauptbahnhof gezeugt. Nicht mit so einer jungen Osteuropäerin, wie sie da Kaugummi kauend und mit Walkman durch die Gänge zwitschert und ein rosa Faltenröckchen trägt. Nein, meine Mutter muss so eine dicke Klofrau gewesen sein, so eine mit einer zeltgroßen Baumwollunterhose unter dem weißen Kittel. So eine, die sauer riecht und wie eine fette Spinne im Vorraum hockt, in der Hand einen dreckigen Lappen, und genau hinhört, wie viel Papier man abreißt und ob man sich auch ja hingesetzt hat zum Pinkeln. Meine echte Mutter ist die hässlichste Frau der Welt, dazu vermutlich noch bösartig, menschenscheu, geizig und gierig.

Ich wuchs unter ein wenig traurigen Umständen als stummer Diener meiner falschen Mutter auf. Nun kann man sich nicht allen Ernstes jahrzehntelang auf eine verfehlte Kindheit herausreden wollen. Zumal gar nicht klar ist, welche meiner beiden Mütter eigentlich die schlechtere gewesen wäre. Aber das soll mir erst mal einer sagen, wie ich da rauskommen kann: Trotz Therapie und Meditation trage ich wie meine falsche Mutter immer wieder diesen roten Lippenstift und diese großen Dekolletés und mache, dass mir bei einem Geschäftsessen einer aufs Klo hinterherkommt. Aber lange kann ich das nicht durchhalten. Beim zweiten Date sehe ich unweigerlich müde, fahl und bedauernswert aus – wie die Tochter der dicken Klofrau eben. Fehlt nur noch, dass ich versehentlich eine weiße Baumwollunterhose trage. Und natürlich kann der betreffende Mann sich gar nicht mehr vorstellen, je einen Blowjob von mir gewollt und bekommen zu haben.

Ich frage mich, ob ich meine beiden Mütter mal an einen Tisch setzen sollte. Ich moderiere. Und vielleicht ist ja die eine, die Sex auf dem Klo von jeder verdammten Bar haben muss, um sich begehrenswert und lebendig zu fühlen, der anderen gar nicht so unsympathisch, die sich noch nie lebendig gefühlt hat. Vielleicht gehen die mal zusammen aus. Die eine erzählt der anderen, was sie so gesehen hat in der Unterwelt des Hauptbahnhofs. Die andere fühlt sich behaglich, weil sie gerne Geschichten erzählt bekommt. Und wenn sie sich dann zum Abschied beschwipst und kichernd umarmen, schleiche ich mich weg und mache mich auf den Weg, zu gucken, was sich mit meinem Leben so anstellen lässt.

Brauche ich eine Brille?

Vorm Grubert, wo sie jetzt gelbe Tische haben: Ich saß ganz am Rand, und weil es noch früh war, hatte ich freie Sicht auf den Mann, der mir, vier Tische weiter, direkt gegenübersaß. Ich hatte meine Brille nicht auf, aber er sah aus wie der frühe Dustin Hoffman. Ungelogen. Und er war sehr anarchisch bunt angezogen. Einszweidreimeins, jubilierte das hässliche kleine Schwein in mir, das sich vorhin geweigert hatte, seine Schamfrisur zu trimmen und die Fussel aus seinem Bauchnabel zu pulen, weil es nach tagelangem Entzug so geil war, dass es nicht nur Sex wollte – es wollte SCHMUTZIGEN Sex. Sie finden das lächerlich? Ja, ich inzwischen auch. Aber weiter in der Geschichte: Ich sah mich also schon über und unter Dustin Hoffman, schickte immer mal ein Grinsen rüber, lutschte betont genüsslich meinen Eiswürfel aus diesem lächerlich kleinen Martiniglas. Er aß derweil. Pommes und Fleisch. Eigentlich fraß er. Er stopfte sich die Pommes in den Mund, dass sie kreuz und quer rausstanden, schob mit den Händen nach – ohne mich aus den Augen zu lassen. Mein Gott, war der gierig und schamlos! Heute noch würde ich diese kurzen Dustin-Hoffman-Haare zausen, während er sich an meinem Geschlecht besoff, das war klar. Er schaute ja die ganze Zeit zu mir her. Als er einen riesigen Eisbecher gebracht kriegte, stand er auf, machte zackig fünf Kniebeugen. Dann hob er beide Hände, wie einer, der sich ergibt, verbeugte sich vor mir, und fing an, im Stehen mit einem großen Löffel das Eis in sich reinzuschaufeln.

Jetzt begriff ich.

Der sah nicht einfach aus wie der frühe Dustin Hoffman. Der sah aus wie Dustin Hoffman in *Rain Man*. Der Typ war verrückt. Und starrte weiterhin unablässig zu mir her. Wie sollte ich aus der Sache wieder rauskommen? Es war nur eine Frage der Zeit, bis er käme und mich zu einer Rolle vorwärts aufforderte. Ich war plötzlich etwas kurzatmig, wartete nicht erst, bis mein Chili kam, legte Geld auf den Tisch und schlich los, ohne noch einmal aufzublicken. Kaum hatte ich die nächste Ecke erreicht, ging aus dem Nichts ein Sommerregen nieder. Rain Man saß jetzt bestimmt pudelnass an seinem gelben Tisch, wunderte sich, wie ich das gemacht hatte mit dem Wetter, und dachte, dass er mir gerne mal meine Toasts gebügelt hätte.

Okay, okay, versuchte ich mich bei einem Glas Wein zu beschwichtigen: Jetzt bist du halt in dem Alter, wo du besser deine Brille tragen solltest, damit du nicht irgendwann unter einem Bus liegst statt unter einem Kerl. Aber ich brauchte noch letzten Samstag, um ganz tief zu verstehen, was ich schon wusste, um zum Optiker zu gehen und mir eine halbwegs alltagstaugliche Brille zu besorgen, mit der ich aussehe wie meine Tante Margrit ... Am Samstag also war ich mit drei lustigen Frauen aus, eine hatte Wodka in die Disco geschmuggelt, ich war jung, ekstatisch und schön wie einst mit neunzehn, musste aber gegen zwei blitzartig aus Besoffenheitsgründen die Location verlassen. Das ist manchmal so bei mir. Neunzehn sein, halte ich nie lange aus. Geht den echten Neunzehnjährigen ja auch so. Meistens sind die wie vierzehn. Am nächsten Morgen schrieb mir eine der Frauen eine SMS, mein Verehrer sei sehr empört gewesen und enttäuscht, weil ich ihn schnöde hatte stehen lassen. Verehrer? Ich hatte die ganze Zeit allein getanzt. Da war keiner gewesen. Zumindest hatte ich keinen gesehen.

Ist Kontrolle wirklich besser?

Vertrauen ist gut, Kontrolle ist besser, sagt ein Sprichwort. Nicht dass ich so durchgedreht wäre, mein Leben nach Sprichwörtern auszurichten. Aber während *Der Krug geht so lange zum Brunnen, bis er bricht* dank Wasserhahn und hochwertigem Geschirr einfach nur ältlich klingt, ist das mit der Kontrolle doch richtig schlimm gelogen. Nur, von wem und warum? Mein Zahnarzt fiele mir in dem Zusammenhang ein, der mich halbjährlich zur Kontrolle dahaben will, damit er endlich sein Grundstück am Griebnitzsee abbezahlt kriegt, und die Verkehrsbetriebe tun auch gut daran zu kontrollieren, täten sie das nicht, wäre ich die Erste, die IMMER ohne Fahrschein in die Redaktion von *Haustierhaltung heute* fährt. Im Moment mache ich das nur vielleicht einmal die Woche, wenn ich mich stabil genug fühle. Andererseits ist Schwarzfahren das einzige Abenteuer in meinem Leben. Das wäre vollständig ruiniert ohne die Gefahr des Erwischtwerdens. Ich kann doch in meinem Alter nicht auf Sex im

Park zurückgreifen, wenn ich mal etwas Verruchtes und Verbotenes tun will ...!!!
Aber zurück zur Kontrolle. Vielleicht hat der Sprichworterfinder damals im 6. Jahrhundert auch diktiert: Kontrolle ist gut, Vertrauen ist besser, und der frustrierte Mönch, der schon seit Wochen nichts als Dörrfleisch zu essen bekommen hat, außerdem total übernächtigt war, weil er letzte Nacht mal wieder die Sterne beobachtet und kartographiert hatte, statt ordentlich einen geblasen zu kriegen, schrieb – halb versehentlich, halb aus Absicht – genau das Gegenteil. Und dann hat sich dieses falsche Sprichwort über die Jahrhunderte so tief ins kulturelle Unbewusste eingeprägt, dass ich diese Woche keinen Orgasmus hatte.

Sie glauben mir nicht? Na, dann passen Sie mal auf: Am Montag war ich nicht sicher, ob ich vielleicht doch lieber schnell aufs Klo gehe, bevor ich mich vollständig vergesse und alle Dämme brechen, und als ich zurückkam, war mein Lover des Tages schon eingeschlafen. Am Dienstag lernte ich einen kennen, der *sehr* männlich war, aber vor dem hatte ich Angst, der macht doch bestimmt ganz schlimme Sachen im Bett, also verzichtete ich aus Sicherheitsgründen. Am Mittwoch hatte ich keine Gelegenheit. Am Donnerstag wollte mich der vom Montag lecken, aber er wirkte irgendwie nicht begeistert, und wenn einer nicht begeistert ist, kann ich mich nicht entspannen. Am Freitag hatte ich Magenschmerzen und deshalb vielleicht Mundgeruch, da wollte ich lieber nicht riskieren, jemandem zu nahe zu kommen, der sich dann vielleicht vor mir ekeln würde, obwohl er sich doch für mich begeistern sollte. Und Samstag, Sonntag war ich dann so auf der Hut – einer zu dreckig, einer zu verschlagen, ein anderer zu unbedarft –, dass ich gar nicht erst jemanden mit nach Hause nahm.

Und jetzt? Schreibt mal einer das blöde Sprichwort neu, oder soll ich fortan ungefickt durch mein Leben schleichen? Kontrolle ist ja hin und wieder ganz gut. Aber Vertrauen ist besser! Vertrauen! Unbedingt möchte ich doch voller Vertrauen (zur Not eben mit viel Alkohol im Blut) jemanden an mein Unbewusstes lassen, jemanden, dem ich erlaube, nach Herzenslust mit seinem Buntstift darin herumzuschreiben und zu -malen.

Muss man manchmal Fotze sagen?

Wenn man einfach mit all seinen Freunden ins Bett geht, spart man sich viel Akquiseaufwand. In der Zeit, wo andere Frauen an ihren Parship-Werbeslogans feilen und zweifelhafte Selfies vor ihrer Wohnzimmerwand schießen, hab ich Geschlechtsverkehr. Okay, die anderen Frauen suchen vielleicht auch nicht konkret Geschlechtsverkehr, sondern allgemein einen Lebenspartner. Aber leben kann ich ohne Partner, Geschlechtsverkehr nicht. Dieses Vorgehen ist also für mich genau richtig und scheint sich auch für meine Freunde zu bewähren, denn immer wieder meldet sich einer und fragt an, ob wir mal wieder was trinken gehen* wollen. Es ist schön, nicht mit Fremden vögeln zu müssen, denen man unter Umständen scheißegal ist, sondern mit seinen Lieben, die aber trotzdem fremd genug sind, um sich noch Mühe zu geben. Ich liebe dieses Arrangement. Ich liebe meine Freunde, jeden Einzelnen. Schade ist nur immer, wenn sie sich eine Freundin anschaffen und von jetzt auf gleich treu sind. Meistens ist es so von jetzt auf gleich dann doch nicht, und wir haben noch melancholischen Abschiedssex, aber weg sind sie dann trotzdem. Wenigstens sagen sie ihren Freundinnen nichts von unserem früheren Arrangement, sodass wir uns weiterhin sehen können. Wir treffen uns auf Partys oder irgendwo im Restaurant in größeren Gruppen, und ich lerne die Freundinnen kennen. Natürlich bin ich nicht ganz unvoreingenommen – immerhin war alles so schön, bevor die jeweilige Melanie oder Anna aufgekreuzt ist. Aber auch mit dem mildesten Blick auf die jeweilige Melanie oder Anna, nennen wir sie hier der Einfachheit halber Fotze, kann ich nicht sehen, wie man Alltag mit

---

* Mäßig eleganter Euphemismus für: es wie die Karnickel treiben.

einer von denen heißen Nächten mit mir vorziehen kann. Männer scheinen eine Schwäche für böse Frauen zu haben. Wenn sie dann so nebeneinander vor mir sitzen, frage ich mich oft, ob sie ihn jetzt schon schlägt, oder ob das erst noch kommt. Meine ehemaligen Liebhaber sind so begeistert und bemüht und frisch wie Welpen in der Hundeschule, und die Fotzen sind grundlos schlecht gelaunt und unzufrieden, sagen nicht Muff und nicht Meff und danke schon gar nicht, sie freuen sich über keine seiner Bemühungen. In einer stillen Minute nimmt er mich dann immer zur Seite, schaut mich flehend an und fragt: »Und?!« Ich kann leider nur erwidern: »Bist du dir sicher?«, mehr darf man nicht andeuten, immerhin hat er sich für die Fotze entschieden. Und wenn ich stillhalte, darf ich in der Nähe bleiben, und sobald die Kinder, die sie demnächst kriegen, aus dem Gröbsten raus sind, verlässt er sie und kommt zu mir zurück.

An mich richten die Fotzen natürlich den ganzen Abend über nicht einmal das Wort. Ich weiß nicht genau, ob es ist, weil sie ahnen, dass ich mir von ihren Typen beim Vögeln die Frisur hab ruinieren lassen, was ihnen nie einfiele, oder ob sie mir einfach nur ansehen, wie schlimm ich sie finde. Warum mögen Männer böse Frauen? War Mama streng, und da ist noch was aufzulösen? Aber da wäre doch ein Analytiker oder Körpertherapeut zeitsparender, und der verlangt auch nicht, dass man ihn schwängert! Ich glaube, da liegt ein Denkfehler vor, Männer! Rechnet das noch mal durch! Und dann kommt ihr alle zurück zu mir, und wir treiben es wie die Karnickel und haben wahnsinnig Spaß. Doch, doch, das geht. Ihr müsst nur wollen.

Sind eigentlich alle außer mir bekloppt?

Gestern hatte ich Leute zum Brunch da. Ich hatte asiatische Hühnersuppe gekocht, aber die Leute haben sich lieber an Wurst und Käse gehalten, bei deren Zubereitung ich definitiv die Finger nicht im Spiel haben konnte. Als müsste ich, nur weil ich kunterbunt zusammengewürfeltes Geschirr habe, eine schlechte Hausfrau sein. Stimmt ja sogar. Ich bin eine schlechte Hausfrau. Aber kochen kann ich.»Jeder, der gerne gut isst, kann auch kochen«, pflegte meine Oma, die immer ein bisschen nach Kuchen roch, zu sagen. Und diese Suppe war fantastisch: scharf und aromatisch. Gegessen wurde sie überhaupt nur, weil Natalie – vermutlich hat sie eine Ewigkeit an ihrer Hochsteckfrisur gefeilt, oder sie musste die ganzen Jungs aus ihrem Schlafzimmer kriegen, die ich mir da immer vorstelle, und dann hat sie eine Ewigkeit an ihrer Hochsteckfrisur gefeilt – so spät kam, dass Wurst und Käse alle waren, als sie endlich eintraf. Widerwillig probierte sie meine Suppe, um dann in Entzücken und Begeisterung auszubrechen und zu fragen, wie viel ich bezahlt habe, damit mir jemand mal eben dieses Süppchen kocht. Als müsste ich, nur weil ich neben ihr ein bisschen scheiße aussehe, für jeden Gefallen in meinem Leben bezahlen. Wenigstens trauten sich jetzt auch die anderen, waren ehrlich überrascht und nahmen gleich noch mal nach. Ich frage mich, ob ich nicht bei Gelegenheit meine Freunde austauschen sollte. Neuer Monat, neue Freunde!

Und wenn wir schon beim Austauschen sind – dann brauch ich auch gleich eine neue Friseurin. Meine ist nämlich kritikresistent. Letztens hab ich gesagt, dass mir der Pony, so wie sie ihn die letzten beiden Male geschnitten hat, nicht so gut gefällt.»Aber sonst war die Frisur doch toll?«, fragte sie und schnitt mir zu meinen kurzen Haaren wieder diesen Stino-Pony, der meine Frisur zum Kinder-Topfschnitt degradiert. Außerdem saß ihr Freund, Marke Türsteher, circa einen Meter neben uns, betrachtete mich immer mal geringschätzig von ganz oben bis ganz unten und wieder zurück und guckte sich ansonsten die Bilder in der Zeitung an. Keine Frau will einen Bullen, und sei es auch ein Zuchtbulle, ungefragt auf weniger als einen Meter an sich rankommen lassen, wenn sie mit angeklatschten Haaren irgendwo sitzt. Der Pisser wird seiner Pussi ihren Laden ruinieren, falls ihre Haarschnitte für den Ruin nicht reichen. Aber wer war ich, das Kind zu belehren ... Ich würde wechseln. Mein Stammlokal gleich mit. Mein Stammlokal ist super. Aber nur, wenn der Boss da ist, der sagt »Wie geht's?«, wenn ich reinkomme. Ist er nicht da, fragt einen der Kellner von der Theke aus, Luftlinie fünf Meter, was man möchte. Ich rede dann immer extra leise und hasse ihn – er mich vermutlich auch. Und eine neue Lieblingsbar brauche ich – so bedächtig, wie die in meiner aktuellen das Bier ausschenken, bin ich immer versucht zu sagen: »Wenn ich so langsam arbeiten würde wie du, hätte *Haustierhaltung heute* längst dichtgemacht.«

Huch! Ich war doch früher nicht so grantig. Bin ich unterfickt? Werde ich langsam spießig? Unterfickt kann eigentlich nicht sein. Hatte am Dienstag Sex. Da hat mir der Typ doch tatsächlich zwei riesige Knutschflecke an den Hals gepinnt und hinterher gesagt, ich hätte drum gewinselt. Da konnte ich echt nur lachen – ich hab ihn nämlich unter anderem auch angefleht, es mir richtig gut zu besorgen und bitte vor dem Morgengrauen nicht aufzuhören, und er hat weder das eine noch das andere gemacht. Wieso dann ausgerechnet die Knutschflecke? Den werde ich auch austauschen müssen. Vielleicht sollte ich dieses ganze durchschnittliche Scheiß-Leben, für das ich – ich geb's ja gerne zu – mich einst aus Bequemlichkeit und Feigheit entschieden habe, an den Nagel hängen und mir ein anderes aussuchen. Welches hätte ich denn gerne? Natalies. Ich glaube, Natalies. Echt.

Bin ich arm?

Wenn man beim Sex ständig den Impuls hat zu sagen: tiefer, schneller, weiter rechts, beziehungsweise wenn man irgendwann nichts mehr sagt, weil, man hat ja schon so viel gesagt und will nicht zickig rüberkommen, kann man es eigentlich auch gleich lassen. Beziehungsweise später. Ich hab noch nie irgendwelchen Sex abgebrochen, egal wie schrecklich er war. Wer in meinem Bett schlecht performt, geht sogar besonders breit grinsend nach Hause, weil ich, um seinen ungeschickten Schwanz aus mir rauszukriegen, übernehme, den Mann unter mich lege und alles an ihm noch mal durchgehe, was ich in der Schule des Lebens so gelernt habe. Vielleicht sollte ich damit mal aufhören. Hatte ja schließlich selbst schon mehr als einmal Typen im Bett, die auf Kritik an stark überhöhter Geschwindigkeit oder allgemeinem Desinteresse an der Person unter ihnen gesagt haben: »Bis jetzt hat sich noch keine beschwert.« Andererseits – wozu? Wenn er wissen wollte, wie das geht mit den Frauen und dem Geschlechtsverkehr, wüsste er es. Da muss man nichts sagen, und schon gar nicht in einem Moment, wo man ohne Unterhose (sprich: verletzlich) ist. Manchmal bezahle ich dafür, dass Männer qualifiziert was machen an mir, und finde das sehr praktisch. Massage, Atemtherapeut, hin und wieder Tantramassage. Zugegeben: Das ist ein bisschen arm. Sollte man Berührung nicht auch kostenlos an jeder Straßenecke angeboten kriegen, wenn man unter hundert ist und keinen Bart hat? Aber eins steht fest: Eine Frau, die schon anderthalb Stunden durchgeknetet wurde oder ein erotisches Ritual genossen hat, freut sich über einen schnörkellosen, ehrlichen Fick viel mehr als eine, bei der alle Sinne nach Berührung lechzen. Das kann ein einzelner Mann gar nicht leisten, was wir Frauen so erleben wollen. Warum nicht den einen oder anderen Aspekt gegen Bezahlung ausführen lassen von jemandem, der sich damit auskennt?

Bin ich hässlich?

Haben Sie das auch schon gehört? Wer nicht so gut aussieht, gibt sich im Bett mehr Mühe? Ich jedenfalls hab das schon mehrmals gehört, und immer hat es mich auf die Palme gebracht (was ich nie zugegeben hätte, so weit kommt's noch), weil ich erstens eher auf den vierzehnten Blick gut aussehe und mir zweitens nirgendwo sonst in meinem Leben so viel Mühe gebe wie im Bett. Der Scheiß scheint also auch noch zu stimmen. Es könnte mir ja wirklich egal sein, schließlich sagt man andererseits schönen Menschen nach, sie wären nahezu hirnlos, was die eingangs zitierte These erklären würde, aber es ist mir nicht egal. Die ganze Zeit hab ich Angst, was falsch zu machen – sowieso schon und im Bett gleich zehnmal. Ich würde aber lieber alles richtig machen. Gebe ich mir zu viel Mühe, soll man Männern keinen blasen? Dessous, Dirty Talk, eine Bandbreite an Techniken am Schwanz – alles nur von hässlichen, bemitleidenswerten Frauen wie mir ausgeführt, während die Schönen einfach bloß daliegen, sich für ihre Schönheit bewundern lassen und ihren Sex in Empfang nehmen? Was mich daran wirklich fertigmacht: Man weiß es nicht, man wird nie wirklich erfahren, was andere Leute nachts machen. Die Männer, die von mir nach allen Regeln der Kunst verwöhnt werden, werden einen Teufel tun und sagen: *Musst du echt nicht machen, die restlichen Frauen blasen auch nicht.* Und entgegen anders lautender Gerüchte reden Frauen gar nicht so viel über Sex, beziehungsweise wenn sie es tun, nölen sie bloß rum, wie mies man es ihnen besorgt.

Es bleibt mir nichts übrig, als mich einfach locker zu machen. Es ist ja nicht so, dass mir meine geschlechtlichen Aktivitäten eine Last wären, und was man leidenschaftlich liebt, sollte man nicht aufgeben, egal ob man ursprünglich mal damit angefangen hat, weil man eine arme Sau war. Im Kopf behalten sollte ich aber tatsächlich die Frage, ob das mit dem Mühegeben alle Bereiche des Lebens betrifft. Sind die Hässlichen diejenigen, die nach dem Urlaub brav die Bettwäsche in der Ferienwohnung abziehen, die rasch durchwischen, bevor die Putzfrau kommt, und als Einzige Suppe für die gesamte Redaktion kochen? Haben die Hässlichen die Demut mit Löffeln gefressen und Dienen ist ihr Lebenszweck? Das wäre schrecklich. Ich muss unbedingt etwas divenhafter werden. Aber ohne das passende Aussehen kauft mir das vermutlich keiner ab. Ich selbst am allerwenigsten, fürchte ich. Was kosten eigentlich so Schönheitsoperationen? Das macht heutzutage doch quasi jeder, oder?

Wie geht richtiger Sex?

Es war jeden Sommer dasselbe: Einsam auf Kreta. Verzweifelt in Rom. Elend in Südfrankreich. Und vor Angst, schon wieder einen Single-Sommerurlaub planen zu müssen, plante ich diesmal lieber gar keinen Urlaub. War auch so ganz okay, der Sommer. Ich hatte tolle Wochenenden am See. Ich war mit Inas vier Söhnen Enno, Benno, Bruno und Udo auf dem Spielplatz, habe Herrn Erich aus dem dritten Stock an seiner Modelleisenbahn die Elektrik repariert, und am Abend spiele ich sowieso gern gegen mich selbst eine Partie Scrabble. Und weil alle meine Kollegen den August über im Urlaub waren, habe ich auch noch das Septemberheft allein gewuppt. Gute Erfahrung – zumal ich eigentlich nur zum Korrekturlesen eingestellt wurde.»Diese Tierbaby-Fotos auf jeder zweiten Seite ..., wir machen in Lebendfutter, nicht in Menopause!«, hat Chef bei seiner

Rückkehr gebellt und mir das Septemberheft auf den Schreibtisch geknallt – aber ich glaube, er war ganz zufrieden.

Jetzt ist September, und ich bin wirklich urlaubsreif. Bei jeder Gelegenheit fange ich an zu weinen. Ich lasse versehentlich das Gas an, habe zwei neue Schrammen am Auto, und selbst beim Sex bin ich so zerstreut, dass ich letztens das Mammut, das doch nur ein bisschen masturbiert werden will, verzückt ins Abendrot geritten habe. Vielleicht hatte ich auch einfach die Schnauze voll vom Nettsein. Ich meine, ich bin doch nicht Mary Poppins. Oder doch?

»Du bist einfach zu praktisch. Du bist die Frau, die klaglos mit Socken schläft, statt hilfsbedürftig dreinzuschaun, damit dir jemand anbietet, deine Füße zu wärmen«, sagt Natalie, der ich zutraue, sich mit den Gesetzen des Frauseins auszukennen. Sie ist immer von Männern umschwärmt, sie ist extrem blond und immer tipptopp angezogen. Sie hat bestimmt noch nie irgendwem die Elektrik repariert. Ich bewundere sie. Ich will auch eine Diva sein, ich will sein wie sie. Letzte Woche habe ich sogar mit einem ihrer abgelegten Männer geschlafen, um hinter ihr Geheimnis zu kommen.

Sex ist immer nur so gut wie sein schwächstes Glied, und das hier war eine ganz erbärmliche Nummer. Was der Typ, den Natalie über den grünen Klee zu loben pflegt, die letzten dreiunddreißig Jahre in seinem Bett getrieben hat – ich weiß es nicht. Rein körperlich war alles in Ordnung. Aber als ich so dalag, wie ich mir vorstelle, dass Natalie so daliegt, wenn sie Sex in Empfang nimmt – ich wäre über der Sache beinahe eingeschlafen. Ich hatte eindeutig zu viel Zeit zum Nachdenken und malte mir die schlimmsten Szenarien aus: Ehe der Mann sich einmal an mir hochgeatmet haben würde, konnten Jahre vergehen – was, wenn ich alt und grau war, ehe er mein Schlüsselbein erreicht hatte, oder tot? Da er dabei nicht redete und kein passionierter Streichler war, von Funkenschlagen mal ganz zu schweigen, wusste man auch nie, wo genau er jetzt unterwegs abgeblieben war. Zigaretten holen? Gott sei Dank hatte ich die Socken an. Ich musste mich anstrengen, nicht zu summen vor Langeweile. Ich habe die Sache trotz dieser Extrembedingungen knallhart durchgezogen. Ich war eine Pionierin in Sachen Hingabe! Ich war die

Marie Curie des Sex! Leider taugen die Ergebnisse nicht für eine Veröffentlichung – wirklich nicht. Eins zumindest weiß ich jetzt: Scheiß drauf – ich will lieber meinen eigenen Sex zurück, und sei er noch so jämmerlich. Ich mache in Leidenschaft, nicht in Mädchenpisse.

Lebe ich richtig?

Mein Vater ist in ständigem Zweifel bezüglich meiner Lebenstüchtigkeit. Einerseits kann ich ja verstehen, dass er lieber so ein hübsches Töchterchen hätte, das sich geschmeidig durchs Leben fädelt und die Sache mit Mercedes, Mann und Kind nacheinander und rechtzeitig hinkriegt. Andererseits sehe ich echt witzig aus, das ist doch auch was! Und ich kann mit der Zungenspitze meine Nase berühren. Ich hab jetzt wirklich keinen Bock mehr, mich für meine Wohnungseinrichtung, mein Singledasein, meine mangelhaften Goethe-Kenntnisse und meine nicht vorhandenen Handarbeitskünste zu rechtfertigen. Ich bin fünfunddreißig, ich bin erwachsen! Das sag ich mir wie ein Mantra immer wieder, aber es nützt nichts, ich lege solchen Wert auf das Urteil meines Vaters, dass ich die Anschaffung einer Couch in Erwägung ziehe, weil er mich in zwei Wochen zu besuchen gedenkt und meine neunzig Quadratmeter weitgehend unmöbliert sind, was ich ganz cool finde, ihm jedoch ein Dorn im Auge ist. Ich kann die Couch ja hinterher auf eBay verticken. Aber natürlich – mich könnte gar nicht anfechten, was mein Vater von mir denkt und dann ausspricht, wäre ich nicht selbst im Zweifel bezüglich meiner Lebenstüchtigkeit.

»Unter Blinden ist der Einäugige König«, hat mein Analytiker verächtlich gesagt, als ich ihm ankündigte, nicht einfach nur von München nach Berlin zu ziehen, nein, ich wollte nach Kreuzberg. Und tatsächlich, hier sehe ich plötzlich auch ungeschminkt und ungestylt ganz passabel aus und mache einen ungeheuer gesunden Eindruck. Ich glaube, ich bin die Einzige in der ganzen Straße, die ihr Essen im Biomarkt kauft, arbeiten geht, eine Zusatzversicherung hat und so. Der Blick nach draußen tut ein Übriges, dass ich mir in meiner 90-Quadratmeter-Wohnung mit den riesigen Fenstern zumindest bei wolkenlosem Himmel hip und erfolgreich vorkomme: gegenüber ein defektes Dach, darunter Unterschicht in allen Schattierungen, alternde, dicke Punks, Alkoholiker, Sofasitzer.

Und dann gibt es diese Sonntagvormittage, an denen ich im Pyjama durch die Wohnung wabere, weil ich mich nicht entscheiden kann, ob ich Kekse backen soll, die dann doch keiner isst, auf den Flohmarkt gehen, aber ich brauch ja nix, oder jemanden anrufen ... An diesen Sonntagvormittagen stehe ich dann mit einer Tasse Kaffee am Fenster. Und ich kann mich drauf verlassen, dass eins der Unterschichtfenster aufgeht und irgendeine Frau, es ist immer eine andere, ein graues verschlissenes Ding, eine Jogginghose, manchmal auch ein Kissen oder ein löchriges Shirt, aus dem Fenster hält und ausschüttelt. Die machen das alle! Ich selbst habe, abgesehen von 'ner bekrümelten Tischdecke, noch nie irgendwas ausgeschüttelt. Wenn ich einmal alle drei Jahre ganz besonders sonnig gestimmt bin, lege ich mein Federbett zum Lüften auf die Balkonbrüstung, aber wahrscheinlicher ist, dass ich das Federbett wegschmeiße und mir ein neues kaufe. Was wissen die, was ich nicht weiß? Was machen die noch zu ihrem Glück, was ich nur nicht sehe, weil es zum Hof raus passiert, wo ich keinen Einblick habe? Ich krame in meinem Schrank, aber ich hab nix Graues, Verschlissenes, also lege ich meine weiße Jogginghose auf der Terrassenbrüstung in die Sonne. Zehn Minuten später, ich hab mir zur Feier des Tages einen mittäglichen Crémant genehmigt, ist die Hose weg. Ich rase die Treppe runter. Nichts! Jemand hat innerhalb von elf Minuten meine weiße Jogginghose geklaut! Das werden die alternden Punks von gegenüber gewesen sein, ich vermute ja schon länger, dass die mich beobachten. Vom Wohnzimmerfenster aus sehe ich, dass sie so tun, als wäre nichts: Wie immer, selbst im Winter, steht das Fenster offen, Festbeleuchtung, wie immer sitzen sie vor dem riesigen Fernseher. Aber keine Sorge: Ich kann warten, Jungs! Ich warte, bis ihr sie das erste Mal ausschüttelt, dann komme ich mit der Polizei rüber und stelle euch zur Rede und hole mir endlich, endlich mein Recht.

Soll ich Frösche lecken?

Damit ich komme, erzählt das Mammut mir, statt meinen sehr lobenswerten Körper zu loben, die exotischsten Geschichten. Echsen schießen aus dem Gebüsch und fressen weggeworfene Bananenschalen, Kakerlaken, groß wie Streichholzschachteln, bevölkern das Schlafzimmer, Matratzen sind so fleckig, dass man im Stehen schlafen möchte, und irgendein Tier schreit aus dem Urwald heraus wie ein Baby. Dabei bin ich sicher, dass Manni Mammut nie weiter gereist ist als von Hamburg nach Berlin. In Hamburg ist er geboren, in Berlin lebt er. Vermutlich ist die ganze Ödnis angelesen. Thor Heyerdahl für Arme. Was ganz gut ist, weil miese Geschichten beim Sex nicht groß stören. Für mich besteht der Mehrwert am ehesten darin, dass eine tiefe Stimme meine Eingeweide massiert, während das Hirn durch die Story vom Kontrollieren abgelenkt wird. Als Korrektorin, auch wenn es nur um die Zeitschrift *Haustierhaltung heute* geht, bin ich allerdings eine Frau des Wortes, und ich fand die öden Geschichten trotz eingebauter Orgasmusgarantie immer ein bisschen kränkend. Wenn er mich schon nicht so bumsen kann, dass ich keinen Text brauche, will ich wenigstens Text, der meine Intelligenz nicht beleidigt. Dachte ich. Bis er mit dieser einen Geschichte ankam – der Geschichte vom Froschkönig. Nur anders, besser, total aufregend. Und ich hab zugehört, und an Sex war sowieso nicht mehr zu denken, ist wahrscheinlich nie mehr dran zu denken, weil die Geschichte nämlich mein ganzes Weltbild infrage stellt. Ich reiße die mal an für Sie: Und zwar ist es so, dass es einen Frosch gibt, Bufo alvarius, der von experimentierfreudigen Menschen zum Zwecke der Bewusstseinserweiterung abgeleckt wird. Fröschelecken heißt der Sport, der auch gegoogelt werden kann, so bekannt ist er. Nur bei mir war er es nicht. Das Ganze ist nicht ohne Risiko. Man kann an diesem Lecken sterben, wenn man zu viel von der Substanz erwischt, mit der das Tier überzogen ist. Und mit diesem neu gewonnenen Wissen wenden wir uns jetzt mal dem Märchen *Der Froschkönig* zu, das ja so Sprüche generiert hat wie: »Man muss viele Frösche küssen, ehe man einen Prinzen erwischt.« Dabei, das wissen wir jetzt, geht es bei der Küsserei offensichtlich gar nicht ums Küssen selbst und schon gar nicht darum, den Richtigen zu finden, sondern es wird geleckt, und zwar um das genaue Gegenteil zu erreichen: Ekstase, surreale Zustände mit sich selbst. »Den Richtigen finden« bedeutet also eher: den Frosch finden, der mit den richtigen Substanzen überzogen ist und nicht nur mit Warzen und Schleim. Die Suche nach Mr. Right ist ein einziger großer Irrtum, der darauf basiert, dass ein Kinder- und Hausmärchen der Gebrüder Grimm über Jahrhunderte falsch gedeutet wurde. Von Germanisten wahrscheinlich, die eh am Küssen und Lecken nicht so interessiert sind. Wie geil und noch mal geil könnte das Leben sein, wenn *Frösche küssen* als Synonym für *Ekstase suchen* gelten würde und nicht für *Mr. Right nachjagen*. Dann wäre auch jemand wie ich, die täglich an jemand anderem rumlecken und rumlutschen möchte, statt jeden Morgen denselben Germanisten in ihrem Bett zu haben, nicht die traurige Ausnahme, sondern eine kühne Abenteurerin und Forscherin, die sogar ihr Leben aufs Spiel setzt für Ekstase und Lust. Die Marie Curie des Sex eben. Die Stunde mit dem Mammut wurde dann doch noch ganz nett. Er hat zwar keinen Humor, aber er ist kitzlig und hat sich kichernd gewunden, als ich ihn von oben bis unten abgeleckt und abgebissen hab. Dass er der Falsche war, keine einzige psychoaktive Substanz dran an dem Mann, war mir allerdings vorher schon klar. Die müsste man eher an ihn dranlecken als ab.

Reicht Atmen?

Ich bin da jetzt weg von. Sex. Interessiert mich nicht mehr. Und es war nicht so, dass ich mir bei der Entscheidung die Unterlippe blutig gebissen hätte. Im Grunde hab ich gar keine Entscheidung gefällt, das hat sich einfach so ergeben. Wie alle wichtigen Dinge in meinem Leben hat es sich im Liegen ergeben. Meine Freundinnen hatten mir einen Atemlehrer zum Geburtstag geschenkt. Den Mann, eine sehr interessante Mischung aus Kerl und Koala, hätte ich sonst nie gefunden. Atmen kann man ja eigentlich, dafür braucht man keinen Kurs, denkt man sich so als Laie, aber ehe ich einen Gutschein verfallen lasse, atme ich lieber jemandem ins Gesicht. Und nach der vierten Woche fiel mir auf, dass ich keinen Sex mehr hatte. Als ich ihm das nicht ohne Hintergedanken sagte, grinste der Koala sardonisch, und der Kerl zuckte nicht mit der Wimper. Musste ich also selber klarkommen mit dem vermeintlichen Problem.

Gut atmen ist besser als schlechter Sex. Aber das ist gut essen auch oder pipi, wenn man nötig muss. Gut atmen ist auch besser als guter Sex. Das war eine wirkliche Überraschung. Aber wäre erstklassiges Atmen auch besser als erstklassiger Sex? Und wenn ja, wollte ich das wirklich wissen? Würde das mein Leben nicht völlig auf den Kopf stellen? Andererseits war ich beim Atmen, wie sich herausgestellt hatte, noch nicht weit gekommen, nach Ribnitz-Damgarten vergleichsweise – von erstklassig also weit entfernt –, und wie erstklassiger Sex ging, wusste ich leider nur aus der Literatur. Würde ich mich ab jetzt darum bemühen? Erstklassig vögeln? Und wenn das nicht angeboten wurde, ging ich halt atmen? Ich würde eine Menge Zeit sparen. Vögeln wird ja nie pur angeboten. Männer reden echt viel über ihre jeweiligen Wissensgebiete. Der

Atemlehrer dagegen wollte nicht reden, er wollte auch nicht, dass *ich* redete, was ich anfangs aus Zeitschindungsgründen versuchte, denn Atmen kann echt anstrengend sein. Ich hatte mich auf diese Matte zu legen, zu atmen, zu fühlen und glücklich zu werden, dann konnte ich gehen. Dass ich tatsächlich glücklich war, fiel mir immer erst auf, wenn ich wieder auf dem Kotti stand und den nicht als stinkende Kloake empfand, sondern als exotisches, farbenprächtiges Wirrwarr.
Wenn nun Atmen zum Glück offenbar reicht – aus welchen Gründen werde ich je wieder Sex haben?

Warum bewegt er sein [sic] Arsch nicht?

Heute hing in meiner Straße an einem Baum ein Zettel:

Ich mag dich.
Du magst mich.
Also beweg dein Arsch.

Ehrlich gesagt, vermute ich, dass der Schwierigkeitsgrad der meisten Probleme, die ein Leben so mit sich bringt, ungefähr auf diesem Niveau liegen dürfte. Und damit meine ich jetzt nicht etwa, dass dieses Niveau niedrig wäre. Überhaupt nicht! Was damit zu tun hat, dass man nur sein [sic] eigenen Arsch bewegen kann, nicht aber den von anderen.

Die Person, die diesen Zettel aufgehängt hat – eine Frau, stelle ich mir vor –, ist verzweifelt, sie hat so etwas Indezentes noch nie getan! Sie hat auch noch nie so viel getrunken wie in den vier Monaten,

die sie jetzt schon wartet, dass DER MANN sein [sic] Arsch in ihre Richtung bewegt. Vielleicht hat sie mittlerweile auch schon siebentausend erste Schritte gemacht – viel Parfüm, die Wimperntusche, die extralange Wimpern macht –, vielleicht hat sie ihn zu sich eingeladen, und er hat abgesagt. Sie will aber, dass er was mit ihr anfängt, was mit ihr anstellt. Sie weiß doch, dass er sie mag.
Aber vielleicht nicht genug, dachte ich mir und hab den Zettel vom Baum gezupft. Hätte er sein [sic] Arsch sonst nicht bewegt und läge jetzt neben ihr im Bett?
Ich hasse das! Wieso kann man andere nicht dazu bringen, zu tun, was für sie selbst und/oder für alle das Beste wäre?! Man kann immer nur sein [sic] eigenen Arsch bewegen, und der andere macht daraufhin verlässlich einen so depperten Spielzug, dass das ganze Spiel ruiniert ist. Das ist doch alles Quatsch – dass man seinem Partner zum Beispiel sagen soll, was man sich wünscht im Bett. Vorsicht mit solchen Sachen! Entweder der andere mag das Gleiche, beziehungsweise hat Lust, selbst herauszufinden, was man mag – oder eben nicht, und dann muss man ihm auch nicht sagen, was er machen soll. Das denke ich, während das Mammut auf mir rumruckelt. Ich schiebe ihn zur Seite, gehe in die Küche, mir einen Martini holen, schmeiße unterwegs den Zettel, der noch auf der Hutablage lag, in den Müll. Als ich zurückkomme, liegt er grinsend da, sein weißer Körper auf meiner nachtblauen Bettwäsche. Mammut, aus mir unerfindlichen Gründen stolz wie ein Säbelzahntiger. Ich nehme einen Schluck Martini und beuge mich seufzend über seinen Schwanz. Ich weiß doch, was er mag.

Habe ich alles richtig gemacht?

Letztens hatte ich Klassentreffen. Natürlich wollte ich nicht hingehen. Und dann war Bahnstreik, und es war klar, dass ohnehin keiner kommen würde, und ich wähnte mich in der Pflicht, weil ich Ronny, der das Klassentreffen organisiert hat, seit der neunten Klasse heimlich liebe. Also jetzt nicht so, dass ich ihn seiner Frau ausspannen und sein Kind ins Heim geben wollte, aber doch so, dass zwischen Ronny und mir ein weißer Lichtbogen entsteht, mit dem man den Tresen der Bar, in der Ronny Barmann ist, mit neuen Deko-Elementen versehen und nebenbei noch für einen Abend Créme brulee ankokeln und sich die Haare ondulieren könnte. Ich fürchte, für den Lichtbogen bin ich allein verantwortlich, und Ronny ist darüber gar nicht so glücklich, weil er jedes Mal, wenn wir aufeinandertreffen, innere Verbrennungen davonträgt. Aber er ist selbst schuld. Nach der Abi-Abschlussfeier kam er nämlich für mich völlig unerwartet in mein Bett, nahm mich in den Arm und küsste mich, ehe er sich davonstahl, um mit der Frau, die ihn, der schon mit sechzehn zu viel trank, von Bier zu Milch umerzogen hatte, mit viel Pathos und Energie ein Leben anzufangen.

Aber zurück zu dem Klassentreffen. Es waren trotz des Bahnstreiks alle da. Und ich sagte dreiundzwanzigmal, dass ich Korrektorin bei *Haustierhaltung heute* bin, keinen Freund und keine Kinder habe und in Berlin lebe, und stellte auch dreiundzwanzigmal die entsprechenden Fragen. Alles in allem ein nutzloser Abend, zumal ich nicht trinken konnte, weil ich mit dem Auto da war (Bahnstreik). Wenn ich was gelernt habe (oder auf welche Weise zahlen sich solche Abende aus?), dann vielleicht, dass die Leute aus meiner Klasse, die in Berlin leben (einschließlich mir), älter aussehen als die Leute, die auf dem Land leben. Aber was macht man mit solcher Art Wissen? Aufs Land ziehen? Lieber sehe ich alt aus. Schwierig wurde es, als sich zeigte, dass alle präpariert waren. Sie hatten Fotos von ihren Kindern auf den Handys. Und zwar alle. Alle außer mir. Ich hatte nichts vorzuweisen. Zumindest nicht, wenn ich nicht Mammuts Lippen zeigen wollte, von denen er mir an dem betreffenden Morgen Fotos geschickt hatte, oder die Schwanzfotos von Jonas und Richard – Männer schicken gerne Schwanzfotos. Ich liebe Männer unter anderem dafür, dass sie denken, ein Foto von einem Schwanz würde mich unfassbar scharf machen. Dabei hat Mammut recht. Lippen passen im Grunde besser. Lippen sind Vorspiel, Schwanz funktioniert nur, wenn man eh schon geil ist. Und mittags um eins, wenn die in der Regel ihre Fotos schicken*, bin ich nicht geil. Gott sei Dank. Aber zu wissen, wie aufregend sie es finden, dieses Foto zu machen – in einer tendenziell lächerlichen Situation, mit heruntergelassener Hose nämlich, ein Foto von ihrem aufgerichteten Schwanz zu schießen, und zwar so oft, bis es für gut befunden wird –, rührt mich sehr. Und ich lasse mich ja fast noch lieber rühren als geil machen.

Der Abend wurde trotzdem ganz nett. Zwar halten mich wahrscheinlich alle für eine Loserin, aber ich selbst weiß es besser, ich bin so was wie die Sexgöttin in spe. Daran, dass man das auch von außen sieht und nicht erst, wenn man meine Innenräume betritt, sollte ich die nächsten Monate mal arbeiten. Im Grunde hab ich schon angefangen: Nach der Sause bin ich schnurstracks ins Jack's gedüst, hab meinen Autoschlüssel auf den Tresen geknallt und gesagt: »Gin Tonic und eine Nackenmassage bitte, ich hatte einen schwierigen Tag.« Ob Sie's glauben oder nicht, dieser köstliche Tresentyp erwiderte: »Gin Tonic kommt sofort. Die Massage wird gegen vier geliefert. Bei mir oder bei dir?« Und seien wir ehrlich, »bei mir oder bei dir« ist genau das, was man nach einem schwierigen Tag braucht.

---

* Keine Ahnung, wie die das machen, ist diese kleine Geilheit nach dem Mittagessen in der Kantine quasi der Nachtisch? Und weil sie wissen, wie sehr ich Nachtisch mag, krieg ich ein Foto, ehe sie auf der Firmentoilette ein bisschen masturbieren?

Wovon bin ich so müde?

Meine Mutter hat früher als andere verstanden, wie verdammt kurz so ein Leben ist. Sie hat nur die falschen Schlussfolgerungen daraus gezogen. Statt jede Minute zu lieben, statt jede Minute *mit mir* zu lieben, hat sie sich darauf verlegt, immer beleidigt – weil immer am falschen Ort – zu sein. Partys? In der Stadt, aber sie hatte ja keinen Babysitter. Glück? Im Ausland, das sie sich nicht leisten konnte, sie musste ja für mich aufkommen. Männer? In der Nacht, die Mädchen wie sie eher umbrachte, als sie glücklich zu machen.

Meine Mutter lebt in Südfrankreich. Und ich friere mir hier den Arsch ab.

Der Barmann vom Jack's ist ein netter Mensch, ich schlafe neuerdings manchmal mit ihm, und er erlaubt mir immer ohne Weiteres, die Socken anzulassen. Ich bin unfassbar müde. Wovon bin ich so müde? Er liegt hinter mir, hält mich und massiert mein Geschlecht, wie man einen Apfel blank poliert. Keine Ahnung, wieso ich trotzdem komme. Vorhin hat er seltsam gebückt in meinem Wohnzimmer rumgestanden und die Bilder gelobt. Die Fotos sind von Kuhn. Von Kuhn, der nächste Woche diese Frau mit den Korkenzieherlocken heiratet. Gut, dass der Barmann jetzt nicht redet. Kuhn ist sehr lange her. Kuhn war okay. Kuhn konnte Lachsnudeln kochen, und er hat versprochen, einmal meine Möse zu fotografieren. Ficken wollte er mich nie. Und weil er sich höchstens fotografisch für das Sexuelle interessierte – zumindest glaube ich, dass es nicht an mir lag –, musste ich mich immer selbst anfassen, während er mich lustlos bumste. Das hat ihm nichts ausgemacht, wahrscheinlich kannte er es von anderen Frauen. Ich habe manchmal an der Badtür gelauscht, um rauszukriegen, ob Kuhn masturbiert. Kuhn fotografiert. Er ist recht erfolgreich mit seiner Arbeit. Oft bin ich auf den Bildern zu sehen.

Unscharf, windschief, verweht. Und ich war lange beleidigt, weil Kuhn doch offensichtlich so viel von mir wusste und verstand und sich doch so wenig Mühe gab, mir bei meinem Glücklichwerden zu helfen. Jetzt hat er die Frau mit den Korkenzieherlocken, von der ich annehme, dass sie Kuhn nicht stresst mit so Albernheiten wie einem Glücklichwerdenwollen. Der ich gerne unterstelle, dumm und simpel zu sein. Der Barmann bringt einen heißen Kakao und streichelt mir mit dem Daumen übers Jochbein und hinter dem Ohr entlang. Hat mich da schon mal einer berührt? Wie viele Stellen meines Körpers wohl noch nie gestreichelt wurden? Einmal hat Kuhn mich schlafend fotografiert. Der Fokus auf der schattigen Beuge unter dem Kinn. Das Foto sah nach Liebe aus. Und jetzt heiratet Kuhn und hat mich auch noch eingeladen. Nach all den Monaten. Ob ich da hinkann? Meine Mutter an meiner Stelle würde sich ein extravagantes Kleid schneidern, in dem sie garantiert die Schönste des Abends wäre, um dann am Tag der Hochzeit Migräne zu kriegen. Oder ginge sie hin und schleppte für alle gut sichtbar einen der Trauzeugen ab? Meine Mutter trank gern Martinis. Als ich zwölf war, ist sie mit mir in eine Tagesbar gegangen, ich glaube, sie hatte einen unangenehmen Termin in der Stadt, Anwalt oder so, und dann haben wir beide am helllichten Tag einen Martinicocktail getrunken, es war mein erster, und ich werde ihn nie vergessen. Hinterher hat sie mir meine ersten Dessous gekauft. Sie wollte immer, dass ich süß bin. Aber vor allem bin ich unberührbar. Deshalb war Kuhn auch der Richtige. Aber weil der Barmann das nicht weiß, ganz abgesehen davon, dass es ihn garantiert nicht interessieren würde, nimmt er mich einfach in den Arm, streichelt meinen Nacken, und meine Tränen fließen in sein Ohr.

Bin ich ein Schwein?

Mary, eine von Natalies extrovertierten Freundinnen, hat auf Facebook gepostet, ihre Großmutter pflege zu sagen, *there are people who pee in the shower and people who say they don't*. Es machen also alle. Unter der Dusche pinkeln. (Nur dass außer Mary und ihrer Großmutter zum Glück keiner drüber redet.) Dass ich es mache, fällt mir im Grunde immer erst auf, wenn ich es nicht machen kann, wenn ich nämlich zum Beispiel nicht allein dusche, was alle Jubeljahre einmal vorkommt. Das ist dann beinahe ein Problem. Mein Körper hört das Wasser, fühlt die Tropfen im Nacken und schaltet automatisch auf Pinkeln. Vorspiel in der Dusche ist echt nichts für mich. Außer ich gehe vorher noch mal pinkeln.

Wie schlimm auf einer Skala von eins bis zehn ist unter der Dusche pinkeln (UddDp)? Muss ich mir das abgewöhnen? Oder ist es nicht vielmehr andersrum: Sollte ich mein Leben nicht langsam mal anfüllen mit verruchten, dreckigen Dingen, die so atemberaubend sind, dass diese kleine Verfehlung nicht so verdammt dreckig daherkommt? Ich bin so ein unbescholtenes Korrektorinnenseelchen, das Dreckigste, was ich mache, ist, unter der Dusche pinkeln? Wie erbärmlich. Erbärmlicher war fast nur noch, als ich mitten im SM – ich stand nackt in seinem Kindergarten-farben gestrichenen Wohnzimmer und guckte mir die Auslage in der Schrankwand von Günter an, während der mit einem hässlichen Kunstledergürtel meinen Hintern bearbeitete – merkte, dass ich auf SM aber wirklich so gar nicht stehe, oder als bei diesem Gruppenkuscheln, das sich nach der Journalistenfortbildung als Folge von Jahrzehnte verspätetem Flaschendrehen ergeben hatte, von hinten der Falsche in mich eindrang und von vorne der andere Falsche an meinen Brüsten leckte, während die zwei, die richtig gewesen wären, alles taten, damit eine drahtige

Sportreporterin aus Giesing sich locker machte. Als sie laut schreiend kam, bin ich gegangen.

Ich brauche mehr Abenteuer in meinem Leben. Vielleicht sollte ich mir beim morgendlichen UdDp pro Tag eine wirklich, wirklich verruchte, geile Sache überlegen, die ich als Strafe für UdDp zu absolvieren habe. Schwarzwälderkirschtorte zum Frühstück vielleicht oder einen ganzen Tag im Bett bleiben.

Sieht man mir was an?

Chiara ist Italienerin und als solche eine Diva. Niemand kann so anziehend gelangweilt oder verächtlich gucken wie sie. Wenn ich mit Chiara ausgehe, dauert es keine Stunde, da haben ihr zwei Kerle je einen Drink ausgegeben, nach anderthalb Stunden sitze ich dann alleine da, weshalb ich eigentlich nicht mehr mit ihr ausgehe. Andererseits – wenn sechs Männer hinter Chiara her sind, sie sich aber nur von einem in ihr mit rosa Seide bezogenes Bettchen tragen lassen kann, sind in der Regel mindestens zwei übrig, die, wenn sie dann endlich begriffen haben, dass Chiara nicht wiederkommen wird, an mir Gefallen finden. Solange man nicht darüber nachdenkt, ist das ein Superarrangement. Ich muss nicht säen, nur ernten. Wobei, wirklich säen tut Chiara auch nicht. Die guckt, wie gesagt, bloß verächtlich. Wenn ich das versuche, sehe ich aus, als hätte ich Verstopfung. Sie sieht aus wie Sophia Loren in *Die schwarze Orchidee*. Eigentlich immer. Aber wenn sie schlecht gelaunt ist, gleich noch mal mehr. Heute war Chiara *wirklich* schlecht gelaunt. Die Schwänze, die ihr so angeboten werden, sind eine Katastrophe, sagt sie, wenn sie noch einen einzigen dieser mickrigen Mikropenisse erblicken muss, kriegt sie Augenkrebs. Als ich sie gefragt hab, ob sie denn keinen Sex mit dem betreffenden Mann macht, falls sie, die Zähne an seinem Reißverschluss, feststellt, dass es sich um einen zu kleinen (oder, findet sie auch nicht gut: langen, dünnen) Schwanz handelt, hat sie bloß ganz leicht die Lefzen hochgezogen. Natalie hat es mir später erklärt: »Bist du wahnsinnig? Chiara macht keine Reißverschlüsse mit den Zähnen auf. Die nimmt auch keinen Schwanz in den Mund.« Und, ja, wusste Natalie, Chiara schickt die unattraktiven Schwänze zurück in die kalte Nacht.

Jetzt aber ist Chiara total einsam. Sie will ein Baby oder noch besser: einen ganzen Stall voll Babys. Sie sitzt mir gegenüber, genauer gesagt: Sie hängt auf der weinroten Plüschbank vom Jack's – ungeschminkt, fettige Haare, bis an die Ohren in ein fusseliges, schwarzes Cape gehüllt –, und doch haben alle anwesenden Männer Witterung aufgenommen. »Isch will eine Freund, isch bin einsam«, nölt sie, und die Gruppe am Nachbartisch fällt geschlossen in Ohnmacht. Ich gehe rüber und träufele ihnen Tabasco unter die Nasen, japsend und schimpfend kommen sie wieder zu sich. Als ich zurück an unseren Tisch trete, hat Chiara mein Fehlen gar nicht bemerkt, sie gibt dem Typen, der gerade die Spitze ihres linken Stiefels an die Lippen führen will, einen kleinen Tritt und redet ungebremst weiter. Sie braucht einen Mann, stellt sich heraus, und zwar einen mit einem guten Schwanz. Nicht so einen wie den letzten, vorletzten und vorvorletzten. Das sehe ich ein. Das wünsche ich ihr natürlich von ganzem Herzen.

Leider kann ich mich an meinen letzten Schwanz nicht erinnern. Geschweige denn an den vorletzten und vorvorletzten. Aber das liegt ganz sicher nicht am Schwanz. Die langweiligen Typen sind das Problem. Schwänze mag ich. Eigentlich alle. Ich bin die Mutter Teresa der Schwänze. Kommt alle her zu mir, mikro, mickrig, krumm und schief – ich sorge für euch, pfleglich bin ich und voller Liebe für jeden einzelnen. Und wieso wollen die Typen die bissige Chiara, nicht aber Mutter Teresa? Na ja, blöde Frage, Mutter Teresa sieht scheiße aus und macht keinen Sex. Ich mache auch keinen Sex. Schon mindestens eine Woche nicht mehr. Ob man mir das ansieht? So wie man Dicken ja auch ansieht, dass sie dick sind. Das würde einiges erklären: Klar fahren die Männer eher auf Chiara ab, die Sex hat, als auf mich, die keinen Sex hat. Außerdem bumst Dumm gut, wenn man dem Volksmund gegen alle Vernunft glauben will. Ob man wirklich dumm sein muss, oder reicht Dummstellen? Hoffentlich geht sie bald, dann suche ich mir aus den Resten einen aus, oder besser zwei, ich brauch wirklich ein bisschen Aufheiterung.

Will ich berühmt werden?

Nicht dass ich je was dafür getan hätte, berühmt zu werden. Ich kann ja auch nix. Und für Lesen und Bumsen hat noch keiner je den Nobelpreis gekriegt. Aber trotzdem. Berühmt wäre ich schon gerne. Beziehungsweise hätte ich gerne viel Geld. Ich sehe mich in coolen Klamotten auf einer Terrasse am Meer, vor mir ein Notebook – eine faule Reiche wäre ich nicht – und ein Glas Champagner. Gegen 17 Uhr käme der Masseur. Gegen 19 Uhr würden alle meine Freunde eintreffen. Die Köchin hätte was gekocht, was so unprätentiös wie köstlich ist, wir würden an einer langen, schön gedeckten Tafel auf der Terrasse sitzen und uns amüsieren, ich würde mit irgendwem tanzen. Hätte unter dem Sternenhimmel Sex mit irgendwem. Dann würde ich mich in meine kühlen Laken legen und selig einschlafen.

Die Aufzeichnung dessen, wie mein Leben tatsächlich verläuft, erspare ich Ihnen – es ist ein Trauerspiel. Aber wäre es anders die reine Freude?

Während ich jetzt total unbehelligt mein Ding mache, den Schönen bin ich zu hässlich, den Schlauen zu dumm, wäre ich dann zwar den wirklich Reichen sicher immer noch zu arm, aber ich hätte doch trotzdem lauter Leute am Arsch, die auf mein Geld scharf wären. Meine Familie zum Beispiel. Ich hab mich schließlich nicht von der Arschgeweih- und Asti-Bagage losgesagt, um dann auf Seite 1 der *Bild* zu lesen »Jamie Kevin Kruse – jetzt rede ich« und zu erfahren, dass das angenagte Holzspielzeug für meinen armen, ADS-gebeutelten Neffen bei Humana gekauft werden muss, denn ich verprasse mein Geld lieber auf irgendwelchen Südseeinseln – und zwar mit zwielchtigen Fremden, statt mit meiner Familie. Meine Mutter hätte der *Bild* sicher auch das eine oder andere zu sagen, fällt mir gerade ein. Hat sie selbst doch ihr Leben lang darunter gelitten, dass sie nicht berühmt geworden ist – ja, nicht einmal ein Mindestmaß an Aufmerksamkeit von der Welt bekommen hat. Gewiss wäre es der aus Mangel an Interessen etwas seichten Frau ein Fest, meine Lebensgeschichte aufzuschreiben und meistbietend zu verscherbeln. Das ergäbe sicher 500 Seiten, und da würde dann drinstehen, dass ich »Dicke« genannt wurde, sehr brav war und sie immer schon wusste, dass ich es draufhabe, weil, das Draufhaben hab ich nämlich von ihr.

... eigentlich hervorragend, dass für Lesen und Bumsen keiner je den Nobelpreis gekriegt hat.

Bin ich einsam? (1)

Meine 90-Quadratmeter-Wohnung ist eine ganze Welt oder zumindest so was wie das Legoland – im Grunde muss man da nicht weg. Die Welt draußen ist mit Features ausgestattet, die ich nicht so schätze. Meine Wohnung allerdings auch. Sie haben ja keine Ahnung, wie die weiten Wege nerven und dass es keinen höhlen- bzw. sargartigen Raum für mich gibt, sondern nur Hallen. Außerdem hab ich irgendwelche Käfer in der Küche, die mich gar nicht stören, nur dass sie sich aus Maden entwickeln, stört mich. Und manchmal kommt Selma von unten hoch und sagt, dass sie heute von mir »aufgepasst werden« will. Mit Selma ist es, als wäre ein Wirbelsturm in meiner Wohnung eingeschlossen, und dann bin ich schon froh, dass die Räume groß sind, da verteilt sich die Energie besser. Energie ist eher nicht so mein Ding. Ich sitze am liebsten still in der Küche und spiele Scrabble. Mit Selma spiele ich Uno. Da muss man ständig aufspringen und »Uno!« schreien oder »Uno! Uno!«, beziehungsweise muss Selma das schreien, und ich muss es ertragen.

Einmal die Woche gehe ich einkaufen, mindestens einmal die Woche brauche ich Sex. Aber bevor ich vier Treppen runtergehe in die reale Welt, schreite ich meine Wohnung noch mal ab, um mich zu vergewissern, dass ich alles Wesentliche im Griff hab, dann rufe ich Natalie an und frage, wie das Wetter heute ist. Natalie hält sich viel draußen auf, die joggt schon morgens durch den Tiergarten und kennt sich mit Wetter und dergleichen aus, sie weiß auch, wenn Marathon ist oder Silvester, und sagt mir das, damit ich daheim bleibe. Nicht dass ich irgendwo in der Menschenmenge stecke und sie anrufe, sie soll mich hier rausholen, wie das bereits das eine oder andere Mal vorgekommen ist.

Aber sie hat sich auch schon geirrt. Heute zum Beispiel hat sie Sonne gesagt, und ich hab schon in der Haustür gemerkt, dass es regnet. Aber ehe ich wieder hochgehe, bin ich rüber ins Jack's. Die machen mir eine heiße Zitrone (so was kriegt man bei mir daheim nicht), und dann treffe ich auf dem Weg zur Toilette auch noch Richard, der mir das Haar aus dem Gesicht streicht und mich auf die Schläfe küsst. Ich sage, dass es draußen regnet. »Ja«, erwidert er, »schon seit sieben Tagen. Ich bin auf der Suche nach der Arche. Hast du nicht diese geile Wohnung im vierten Stock, wasserfest und krisensicher?«

»Wasserfest schon, aber zu groß«, sage ich, »ich fühle mich da wie im Freien, das ist, als würde ich immer im Regen stehen.«

Die Lippen immer noch an meiner Schläfe, murmelt er: »Ich bring dich jetzt heim, und nachher, 16 Uhr, komme ich mit Decken und

Planen vorbei, und wir bauen uns einen Unterschlupf. Du sorgst für die Verpflegung. Uhrenvergleich: Es ist 14.13 Uhr.«

Und dann verbringen wir den Abend tatsächlich in meinem Wohnzimmer im Zelt, es gibt Dosenravioli und Musik von einem Kassettenrekorder, leider hatte ich nur Nena auf Kassette, aber Richard ist trotzdem sehr begeistert von allem und erzählt mir Gruselgeschichten und macht Sachen, und irgendwann bin ich zwar so nass, dass man mich auswringen könnte, aber nicht vom Regen.

Sind Männer besser als ihr Ruf?

Ihnen ist vielleicht schon aufgefallen, dass Männer bei mir nicht den besten Ruf genießen. Wenn ich nicht so wahnsinnig auf die angewiesen wäre – ich würde die glatt rausschmeißen, alle miteinander. Also: einladen, reinlassen, Sex machen und so schon ... aber *dann* rausschmeißen. Das Problem ist leider, wenn ich einmal mit jemandem Sex gemacht habe, liebe ich den. Das passiert im Grunde sofort, wenn er seinen Schwanz in mich reinschiebt und mir dabei in die Augen guckt. Früher hab ich dann oft gesagt »Ich liebe dich«, aber nachdem drei daraufhin ohne jedes meinerseitige Rausschmeißen ihre Sachen zusammengerafft haben und aus der Wohnung gestürmt sind, lasse ich das lieber. Richard hat bloß gelacht, als ich ihm davon erzählt hab, und gesagt, statt »Ich liebe dich« soll ich sagen: »Du machst mich heiß, Baby.« Das funktioniert ganz gut. Inzwischen bleiben die auch nach dem Sex noch da, ich weiß gar nicht, ob mir das so recht ist. Aber man hat schon mehr Sex, wenn eh ein Mann in der Wohnung ist und man nicht erst auf der Straße nach einem suchen muss. Die vermehrte Durchblutung durch vermehrten Sex ist bestimmt auch total gesund für den Körper. Außerdem schrauben Männer einem die Schranktüren an und reparieren die Dusche. Und wenn ich dann zu dem durchgeschwitzen Mann, der mir stolz wie Bolle den Duschkopf hinhält, sagen will: »Ich liebe dich«, sage ich stattdessen eben wieder: »Du machst mich heiß, Baby«, und wir treiben es gleich in der reparierten Dusche. So geht das in allen Lebenslagen, nur aus dem Supermarkt, wenn er den richtigen Senf gefunden hat, müssen wir erst nach Hause.

Das ist jetzt vielleicht nicht das Niveau, auf dem ich mir mein Leben einst vorgestellt habe, aber es ist eigentlich ganz spaßig. Und je älter ich werde, desto öfter denke ich: Scheiß doch auf Niveau. Ein Mann in der Wohnung, der mit seiner Schwanzspitze meine traurige Seele kitzelt, bis alles in mir kichert und bebt – auch wenn er nicht versteht, wie jemand, der so lustig aussieht wie ich und so einen irre guten Job hat und eine riesige Wohnung mit Panoramafenstern und Terrasse in Berlin-Kreuzberg, wie so jemand immer traurig sein kann –, ist ausgesprochen ausgleichend für meinen Gefühlshaushalt. Zumal ich das mit der Traurigkeit ja selber nicht verstehe.

Was mache ich hier eigentlich?

Das ist wie bei Alzheimer-Patienten. Die können ganz zufrieden und kreativ in ihrem Alltag rumgruscheln, und dann haben sie einen lichten Moment, ahnen, in welchem Zustand sie sind und dass ihnen der Zugriff fehlt auf das, was sie früher für ihre Realität hielten, und schon sind sie todtraurig. So ist das bei mir auch. Letztens habe ich beim Vögeln mitgekriegt, dass mein Bettgefährte gerade die Cellulitis an meinem Oberschenkel sieht, und habe daraufhin selbst die

Cellulitis an meinem Oberschenkel gesehen. Ich bin zwar nicht aufgestanden und gegangen, aber diesen Moment der Klarheit, wenn man eigentlich berauscht sein sollte, werde ich mein Lebtag nicht vergessen und wünsche ich keinem. Der Typ weiß jetzt, dass ich eigentlich gar nicht die Sexgöttin bin, sondern nur das alte Mädchen aus dem Jack's. Ich hoffe, er erzählt es nicht weiter.

Man sollte sich wahrscheinlich entspannen, auch wenn das Hirn was anderes sagt, wer weiß schon, ob überhaupt Realität ist, was uns in solchen Momenten in die Quere kommt, oder nur ein weiteres Hirn- oder Seelengespinst. Schließlich sehen wir Sterne, die seit Millionen von Jahren nicht mehr existieren. Was wir noch gestern für unumstößlich hielten, glauben wir seit einer Stunde aber so was von gar nicht mehr und morgen dann doch wieder. Die Realität, mit der das brave Hirn immer abgleichen will; Penis dringt ein – check, guckt der Mann begeistert? – check, bin ich zu laut? – check; diese Realität gibt's gar nicht. Also kann man im Grunde auch aufhören, sich ständig irgendwas zu fragen, sondern sein Hirn einfach nur dann einschalten, wenn es den Einkaufszettel zusammenzurechnen gilt oder ein Ikea-Schrank aufgebaut werden muss – wobei, dazu braucht man kein Hirn, sondern einen Mann. Apropos Mann: Ich bin letztens mit zwei Männern und zwei Frauen auf eine Matratze geraten, und bei einer solchen Menge an Gliedmaßen kann man, so sehr man möchte, nicht mehr auseinanderhalten, wer da was tut und ob das schon okay geht. Was mache ich hier eigentlich?, fragte ich mich, während ich mich von dieser Frau mit den langen schwarzen Haaren küssen ließ, aber weil gleichzeitig ein Mann eine kundige Hand (oder waren das mehrere, so schnell, wie ich kam?) an meinem Geschlecht hatte, beschloss ich, die Antwort gar nicht erst abzuwarten, sondern drehte die Stimme der Vernunft leiser und vertagte den Realitätscheck auf den nächsten Tag, und da habe ich ihn, in Erinnerungen schwelgend, doch glatt vergessen.

Bin ich langweilig?

Rausgehen lohnt sich. Ein Phänomen wie Wetter kann man zum Beispiel in der eigenen Wohnung nicht erzeugen. Wenn ich gut drauf bin, rufe ich nicht Natalie an, um sie nach dem Wetter zu fragen, sondern ich gehe raus und liebe das Wetter höchstpersönlich – eigentlich in allen Ausführungen. Ist doch irre, Wind bläst einen an, Wolken schieben sich über den Himmel und lassen minikleine Wassertröpfchen wie Sprühnebel nach unten stieben. Wetter sind immer mindestens sieben Sensationen auf einmal, und Sensationen liebe ich nun mal auch. Die sind im Grunde mein Antrieb für alles. Außer vielleicht den Job. Wenn Chef wieder bellt, akrobatisch begabte Ponys (wahlweise auch fünf Sprachen sprechende Papageien, Tanzmäuse) gehen unserer Zielgruppe am Arsch vorbei, starre ich mit gesenktem Kopf in meinen Kamillentee und versuche angestrengt, mir nicht vorzustellen, wer eigentlich unsere Zielgruppe ist. So oft wie ich schon über stiernackige Prolls und ihre stiernackigen Hunde gelesen habe, muss die sich irgendwo in diesem Spektrum der Bevölkerung befinden. Dass Leserbriefe völlig fehlen, sondern es nur wüste Beschimpfungen oder euphorische Lobeshymnen im Ein-Satz-Format gibt, kann auch kein gutes Zeichen sein. Mein Antrieb für den Job ist das Geld. Vielleicht noch die Textarbeit. Manchmal zähle ich alle A auf einer Seite oder so. Das ist irgendwie beruhigend, aber keine Sensation. So viele Sensationen gibt es ja dann außer Wetter und Sex doch nicht. Deshalb gehe ich trotz vierter Etage ohne Fahrstuhl gerne raus. Da kriege ich beides. Heute Mond und Sonne gleichzeitig, wobei ich nicht weiß, ob das streng genommen Wetter ist, aber ich liebe es trotzdem. Und dann fällt im Jack's ein tätowierter Typ fast in mein Dekolleté. Ja, klar, inzwischen weiß ich, was ich anziehen muss, damit was geht. Aber erst mal einen Gin Tonic, der leuchtet im Schwarzlicht der Bar wie außerirdisch. Schmeckt leider nicht so gut, aber egal. Ich hab keine fünf Minuten auf meinem Strohhalm gekaut, da fläzt der Tätowierte neben mir. Er ist Mitte vierzig und wirklich sehr tätowiert, sogar die Finger. Und pumperlg'sund sieht er im Gegensatz zu mir auch nicht aus. Irgendwie grau. Vielleicht macht er einen Job mit Nachtschicht oder hat ein Nierenproblem. Aber er ist nett, heißt Steffen und hält mir Erdnussflips unter die Nase, ich sage danke und nehme mir vier. Dann fällt mir nichts mehr ein, ihm aber schon, er nimmt sich auch vier Erdnussflips und steckt sich zwei in die Nasenlöcher und zwei in die Ohren. Ich lache. Er nimmt alle Erdnussflips wieder raus und steckt sie sich in den Mund, dann zeigt er in Richtung DJ: »Was hörst du so für Musik?« Ich sage, dass ich zwar Musik höre, aber nur so nebenbei und eigentlich immer, ohne zu wissen, was es eigentlich ist. »Okay«, sagt er und schaut mich erwartungsvoll an. »Schöne Tätowierungen«, sage ich und nehme noch einen Schluck. Er bedankt sich, dann ist wieder Stille. »Drogen nimmst du wohl nicht?«, fragt er, und ich schüttele den Kopf. Dann erzählt er, dass er, bloß weil er tätowiert ist wie nichts Gutes, immer nach Drogen gefragt wird. »Vorhin auf dem Klo auch wieder.« Und tatsächlich hat er lange Drogen genommen, sagt er. »Aber jetzt nicht mehr.« Im Grunde nur noch Nikotin und Alkohol. Er guckt, als würde er mit mir eine Ausnahme machen, wenn ich darum bitte. »Du rauchst wohl nicht?«, fragt er, und ich schüttele den Kopf. Als Nächstes fragt er bestimmt, ob ich irgendwo tätowiert bin oder ob ich schon mal im Knast war, und wenn ich dann wieder den Kopf schüttele, war's das mit dem Sex heute Nacht. Ich hebe also mein Glas und sage: »Alkohol trinke ich aber schon«, woraufhin er aufspringt und mir zu meinem halb vollen noch einen ganz vollen Gin Tonic bringt. Ich bedanke mich, dann schweigen wir wieder. »Hast du eigentlich schon mal ...«, setzt er an, aber ich hab noch nie was geklaut, sonst wäre ich ja auch im Knast gewesen, ich bin noch nie nackt zum Bäcker gegangen oder hab Insekten gegessen oder mir ein Piercing in die Schamlippen stechen lassen. Ich hab all die Sachen nicht getan, die mich für ihn interessant machen würden. Außer der einen. Also komme ich ihm zuvor, ich will die Aussicht auf Sex mit diesem wilden Mann nicht ruinieren. »Eigentlich ist Sex meine einzige Leidenschaft«, sage ich. Dass das Wetter auch eine Leidenschaft von mir ist, lasse ich zur Sicherheit mal weg, das versteht immer keiner. Und damit hab ich ihn natürlich im Sack, auch wenn das megaplump war. »Ich schreibe gerade ein Sexbuch«, fahre ich fort und schäme mich gar nicht, »es geht um Sexpannen.« Und jetzt kommt das Gespräch richtig in Fahrt. Er erzählt begeistert, dass eine Frau mal so besoffen war, dass sie ihm auf die Schuhe gekotzt hat. Und er selbst, na ja, das erzählt er mir später. Ich hab jetzt nicht mehr so viel Lust. Aber er ist ganz bei mir, hat eine Hand auf meinem Oberschenkel, will mit mir tanzen, will offensichtlich später den Sex, von dem ich gesprochen habe. Dass ich heute ausnahmsweise mal keinen Sex haben muss, beschließe ich, als er lostanzt, vielmehr als er loshüpft wie ein Flummi, dazu wild mit den Armen rudert und Grimassen schneidet. Diese Sorte Ausdruckstänzer kenne ich: Wenn's dem gut geht, geht es genügend Leuten im Raum gut, das ist für Tanzen okay, aber für geilen Sex einfach mindestens einer zu wenig. Entschlossen kippe ich meinen Gin Tonic, zeige auf das Glas – er nickt, macht, die Hände in Schulterhöhe, eine gewagte Drehung aus *Pulp Fiction* und danct weiter – und gehe zur Bar. Dort stelle ich mein Glas ab und bewege mich unauffällig Richtung Garderobe und Toiletten. Falls Sie sich so was fragen: Ich hab noch nie einen Laden durchs Klofenster verlassen. Das wird jetzt echt mal Zeit.

Bin ich eindimensional?

Ich mache oft die richtigen Dinge aus den falschen Gründen. Yoga zum Beispiel. Ist super für mich. Mein Körper ist viel geschmeidiger, seit ich das mache, ich schlafe besser, ich sehe besser aus. Aber machen tue ich es, damit der Yogatyp manchmal seine Hand auf mich und hoffentlich irgendwann seinen Schwanz in mich legt. Der Typ ist

gelassener als Buddha und sagt Sachen wie:»Geh in deinen inneren Raum« oder:»Liebe ist wie eine Pflanze, wenn sie wachsen soll, darfst du nicht daran ziehen.«
Ich sage darauf meistens etwas wie:»Halt die Schnauze, Mann, das ist doch peinlich.« Woraufhin er eine Hand auf meinen Bauch legt und sagt:»Ich rede nicht mit dir Puppe, sondern mit deinem Unbewussten.«
Ehrlich gesagt, bin ich selbst ja nicht so in Kontakt mit meinem Unbewussten. Sie etwa mit Ihrem? Ich träume noch nicht mal. Und jetzt behauptet der superdupersexy Typ, er und ein Teil von mir würden regelmäßig miteinander plaudern. Mir wäre lieber, der Teil, mit dem er plaudert, wäre nass und stumm.* Mein Unbewusstes, auch wenn es ein mir Unbekanntes ist, gehört mir. Vielleicht habe ich aber gar keins, vielleicht bin ich flach wie ein Brett, ohne jedes Innenleben, und er führt im Grunde Selbstgespräche, wenn er meint, mit was in mir zu reden. Dann wäre er gewissermaßen irre. Und hier schließt der Kreis sich wieder. Weil ich selbst so eindimensional bin, liebe ich Männer mit Abgrund: Je verrückter sie sind, desto mehr liebe ich sie. Sag's noch einmal, Typ, sag:»Du bist der Raum zwischen deinen Gedanken.« Und dann nimm mich an der Hand und geleite mich in deine inneren Räume und Kammern, und wir treiben es da auf jedem Tischchen und jedem Stühlchen, auf der Fensterbank und dem Bettvorleger.

---

* Die Seeanemone natürlich, siehe: *Wie heiße ich?*

Passt er unter meiner Lampe durch?

Was hatte ich früher nicht für Forderungen und Ansprüche an Männer. Weich, aber nicht unmännlich sollten sie sein, reden können, aber mich nicht zutexten, zugewandt, aber auch selbstständig, im Bett fordernd, aber auch weich. Geschenke sollten sie machen, aber nicht anhänglich sein, präsent, aber unabhängig. Unzählige hab ich ausprobiert, hab an ihnen gezogen und gezerrt, wenn sie nicht zu passen schienen, ihnen das Reden beigebracht, das Schweigen und Dirty Talk, sie weggeschickt und Geschenke eingefordert. Ich kann Ihnen sagen, das war keine Freude. Mein Lieben fühlte sich an wie eine Tätigkeit im Kohlebergbau. Und die Männer fanden das auch nicht so toll. In der Eroberungsphase geben sie ja alles und lassen alles mit sich machen, aber dann folgt unweigerlich die Trotzphase, und man hat nicht nur keinen anständigen Sex mehr, sondern auch keinen Spaß. Kein Spaß ist wirklich übel. Kein Spaß ist schlimmer als mieser Sex. Da bin ich lieber alleine. Doch mir war schon klar, dass ich für mein Alleinsein letztlich mit meinen aberwitzigen Forderungen gesorgt hatte. Aber zwischen *einem wird etwas klar* und *man ändert das mal eben* können im schlimmsten Fall Jahrzehnte liegen, Sie wissen, wovon ich spreche. In diesem Fall ging es schnell. Wenn ich dann nicht Gefahr liefe, dass Sie »pfff« sagen und das Buch zuschlagen, würde ich gar von Erleuchtung sprechen wollen in Bezug auf die Sache mit der Lampe. Früher hatte ich immer, wenn wieder ein Mann gegen meine Wohnzimmerlampe gerannt war, gedacht: *Die musst du aber mal höher hängen, Beate Kruse.* Dabei sah die gut aus, wie sie da so niedrig mitten im Zimmer rumhing. Die Höhe war genau richtig, nur eben bloß für mich und vielleicht noch Natalie. Wenn der jeweilige Mann dann nach dem Sex gegangen war, hatte ich die Lampensache genauso schnell vergessen wie ihn selbst. Bis dann der Nächste kam. Was jetzt wirklich nicht so schlimm war. Aber die Männer blieben auch irgendwie nie lange genug, um das Drumherumgehen oder Ducken ausreichend lange üben zu können. Sie donnerten einfach immer wieder dagegen. Außerdem passten sie nicht zu mir, obwohl ich so gerne einen wollte, der passt, und an sich arbeiten ließen sie auch nicht, geschweige denn, dass sie selbst an sich gearbeitet hätten. Ich war zu Tode erschöpft wegen der Männersache. Einmal schlief ich mitten im Supermarkt ein, und eine Dicke im dreckigen weißen Kittel tippte mir auf die Schulter. »Junge Frau, Kaffee is einen Gang weiter.« Das musste anders werden. Wenn meine Kriterien samt und sonders nichts taugten, konnte ich die auch gleich weglassen. Keine Beziehungsarbeit mehr, raus aus dem Bergwerk, Stirnlampe aus, Hände waschen. Ich würde einfach meinen Beziehungswunsch ad acta legen und fortan nur noch Sex mit den Männern haben. Das konnten wir alle eh am besten, ich sogar noch ein bisschen besser als sie. Dafür würde ich jeden nehmen, wie er eben war, Hauptsache …, Hauptsache …, er passte unter meiner Lampe durch. Das eine Kriterium brauchte ich dann doch. So war ich nicht ganz und gar wahllos, behielt die Kontrolle und konnte nach Belieben streng sein. Streng sein konnte ich aus dem Effeff, nicht streng sein lag mir einfach viel weniger. Die Lampe war jetzt meine Kategorie der Männerauswahl. Daraufhin hatte ich erst mal eine Weile keinen Sex. Plötzlich liefen mir nur Schlakse und Lulatsche über den Weg. Als ich schließlich Holger in dem Landhotel in Sportklamotten sitzen und seine Rohkost essen sah, wusste ich: Er ist es. Dass er jetzt auch noch alles andere kann, was ich mir so gewünscht hatte, finde ich beinahe beleidigend für meine Intelligenz. Das klingt wirklich schwer nach Eso-Postkarte oder nach einer der Weisheiten von dem sexy Yoga-Typ: Lass deine Wünsche los, und du bekommst ALLES geschenkt.

Bin ich ein Pannenfahrzeug?

Ich bin mal wieder liegen geblieben. Holger, dem ich gestern leidenschaftlich einen geblasen habe, küsst heute Maike und – Moment, woran klebt er da gerade? – ach ja, Ines. Muss ich mich im Grunde nicht drüber wundern, hab ich doch Tantra gebucht. Da geht's um schweißtreibende Arbeit an der Mechanik, nicht um Liebe. Es ist ja nicht so, dass ich das Szenario nicht kenne. Ich weiß, was zu tun ist. Schrauber müssen her. Der dicke Jörg nimmt mich gekonnt beim Nacken. Und der Mann von Ines beugt sich auch bereitwillig zu mir runter, um mal nachzugucken. Ich kriege Küsse. Mein Motor stottert zwar ein bisschen, aber schon zuckele ich wieder los, über den weißen Teppich, auf dem wir unsere Yoga-Übungen machen, an Holger/Ines vorbei in den Speiseraum. Salat mit Öl. Kohlenhydrate für mehr Energie. Kaffee, damit ich überhaupt in der Spur bleibe. Alkohol wär gut, aber es ist ja erst Mittag. Man muss haushalten. Was soll ich denn sonst am Abend machen, wenn Holger sich voraussichtlich mehr oder weniger vor meinen Augen auch noch an Sibylle und noch mal Maike gütlich tun wird?

Ich bin so ein tapferes kleines Fahrzeug. Ein Kastenwagen mit 15 PS, der davon träumt, ein Luxusschlitten zu sein, dessen Kurven die Männer begehrlich mit ihren Blicken streicheln. Aber davon abgesehen, geht's mir gut. Ich liebe Bewegung, bin zwar langsam, aber ausdauernd. Und die Landschaften, durch die ich so rattere, sind wirklich sehenswert. Ich erlebe was im Leben. Nur eben keine Liebe. Aber auch wenn das hier nicht danach klingt: Meine Pannenstatistik ist okay. So ein rotes Mobilchen würde glatt in tausend Teile zerbrechen allein beim Anblick dessen, wo ich Tag für Tag so drüberrumpele. Ich hab lauter simple Teile in meinem Leib, die schön robust und etwas unschön ölverschmiert sind. Wer die Motorhaube öffnet, findet nicht Eleganz vor, sondern schlichte Funktionalität. Aber es gibt ja für alles Liebhaber. Was ich bisher jedoch nur aus den Erzählungen von meinem Opa wusste, darf ich nun am eigenen Leib erleben: Holger kommt am Abend geradezu angehetzt – vorbei an Maike und Ines, die so rüdes Benehmen sichtbar nicht gewohnt sind und gleich mal abblenden –, in der Hand eine goldene Clubkarte. Sagt, dass es ihm leidtut und ob ich bei ihm upgraden will. Ja, ich will.

Und wenn wir nicht gestorben sind, poliert er Abend für Abend auf das Akribischste meine leicht verbeulte Karosserie und steckt begeistert seine Nase unter die Motorhaube.

Bin ich die Therapie?

Ich hab gestern all meine Bücher weggeschmissen. Papiertonne, Hausmüll und noch ein paar Tonnen der umliegenden Häuser sind voll. Für die Nachbarn hab ich in den Hausflur gestellt, was interessant für sie sein könnte. *Runterkommen, Treffen sich zwei, Im Keller*. Nachdem ich das Bücherregal abgebaut hatte, hab ich leider gesehen, dass ich da noch streichen muss, aber inzwischen ist das auch gemacht. Ich hab die Nacht mehr oder weniger durchgearbeitet, weil: Nach dem Streichen muss man putzen, nach dem Putzen muss das Bett neu bezogen werden. Erschöpft, mit geschwollenen Händen und Farbe im Haar, hänge ich im Sessel und trinke Kaffee. Ich hab's geschafft: Mein Schlafzimmer ist jungfräulich und weiß. Jetzt mache ich mich mit letzter Kraft schön, und nachher lege ich mich, schön wie ich bin, ins Bett und lasse mich von Holger wecken. Gott, bin ich fertig, hoffentlich höre ich überhaupt die Klingel. Aber ich hab das gern gemacht. Bücher sind sowieso überschätzt. Wenn man eins gelesen hat, hat man die Geschichte doch in sich drin, man lebt damit, das körperliche Buch ist bedeutungslos, quasi leergelesen. Ich brauch die Bücher nicht, obwohl sich komisch angefühlt hat, sie wegzuschmeißen. So was macht man nicht! Doch, ich mache so was. Für Holger. Holger hat nämlich eine Hausstauballergie, eine Chlorophyllallergie, eine Katzenallergie, er kann keine Knöpfe anfassen und trinkt praktisch nichts. Da ist es doch das Mindeste, dass ich die Bücher entsorge und kein grünes Essen kaufe. Ein Hoch auf rote Rohkost! Stimmt ja, den Rotkohl und die Karotten muss ich noch raspeln ... Obwohl ich beinahe im Sitzen einschlafe, frage ich mich keine Sekunde, warum ich das eigentlich mache.

Ich liebe ihn nämlich. Gut, gegen Mösenschleim müssen wir ihn noch immunisieren, diese Kondome nerven echt. Aber das ist auch das Einzige. Der Typ ist so fantastisch, der kann sich bei mir alles erlauben.

Hach, was freue ich mich, als er kommt. Wie geplant weckt er mich und bringt mich, zartfühlend, wie er ist, aber gleich wieder (unter meiner Lampe durch) zurück ins Bett, sorgt dafür, dass es meinem Körper, den er eine ganze Woche nicht gesehen hat, auch an nichts mangelt. Es ist himmlisch. Ich komme. Arm in Arm schlafen wir ein. Bis er mich mitten in der Nacht wachrüttelt. Die Augen geschwollen, die Nase läuft ihm, und er krächzt zum Gotterbarmen. »Sag mal, ist das ein Daunenkopfkissen, worauf ich hier schlafe?« Daunenallergie also auch noch. Egal, er passt unter meiner Lampe durch, er ist mein Mann. Die anderen Leute in meinem Haus schlafen um diese Zeit eh. Nur bei dem dicken Punk von gegenüber ist Licht, und der hat damals meine weiße Jogginghose geklaut, ohne dass ich die Polizei geholt hätte. Bei dem hab ich was gut. Ich gebe Holger einen Kuss auf die Stirn, nehme sein Kissen, gehe damit zum Fenster, mache es auf und schmeiße das Kissen raus in den Hof, dann gehe ich zurück zu Holger, der mich entgeistert anguckt. »Baby«, sage ich, wische ihm Gesicht und Nacken mit einem feuchten, warmen Tuch ab, bette sein verquollenes Gesicht an meine Schulter und schlafe wieder ein.

Soll ich mich beschweren?

Da liegt neuerdings der *Spiegel* rum – ich glaube, Chef benutzt das Frauenklo, wenn er scheißen geht. Außer dem *Spiegel* keine Anzeichen. Das fehlte ja auch noch. Aber Frauen spüren so was. Wenn der Freelance-Grafiker, der so süß ist, dass er bestimmt Dominosteine scheißt, das Klo benutzen würde, wäre mir das egal bis ein Vergnügen. Aber Sie müssten Chef mal sehen: Solche fleischfarbenen Polyesterhosen, wie er sie trägt, werden seit 1956 nicht mehr produziert, dazu ein Kunstledergürtel, zu dem es sicher auch eine passende Krawatte gibt, die trägt er zum Glück aber nicht. Chef ist außerdem teigig und talgig und sieht genauso hässlich aus, wie er ist. Seit seine Alte ihn rausgeschmissen hat, weil er seine Sekretärin begattet, wohnt er praktisch im Büro. Er hat ein dunkelbraunes Schlafsofa anliefern lassen, das ich für ihn aufbauen musste, weil ich die Einzige bin, die Ikea kann. Und wenn ich nun morgens reinkomme, ist das ganze Büro angefüllt mit seinem Atem, und ich hab das Gefühl, einmal vom Kopf bis zum Arsch durch ihn durch zu müssen, wenn ich zum Fenster stürze und es aufreiße. Zum Glück muss ich mich nicht jeden Tag im Büro aufhalten. Aber trotzdem, als wäre sein Atem noch nicht genug – das mit dem Scheißen ist ein Albtraum. ES IST MEIN KLO beziehungsweise das Frauenklo*! Da gehe noch nicht mal ich scheißen, ich hab's schon fertiggebracht und bin rüber zu Starbucks gerannt, als ich mal musste – bloß damit niemand was hört oder riecht. Mit Scheißen möchte ich nicht in Verbindung gebracht werden.

---

* Die Aufteilung nach Geschlechtern finde ich etwas kurz gedacht. Man sollte sich aussuchen dürfen, mit wem man ein Klo benutzt, Mannschaften bilden wie beim Völkerball, und wer als Letzter übrig ist, kann sich dann mal Gedanken machen, wieso er so rasend unbeliebt ist.

Aber wieso ist es mir nicht egal, ob er das macht oder nicht? Schmutz- oder Geruchsbelästigung gibt es nicht, wahrscheinlich nutzt er tatsächlich die Tage, an denen ich nicht da bin. Wieso ist es mir nicht egal? Natürlich müsste ich zur Beantwortung dieser Frage in meiner Kindheit rumkramen, Missachtung, Übergriffe – aber dazu hab ich echt keine Lust. Stattdessen statte ich das Frauenklo so aus, dass es für Männer (zumindest für Männer wie Chef, die für Frauen keine Liebe haben) zur tödlichen Zone wird: Tampons in drei Größen in offenen Schälchen, eine Packung Slipeinlagen, ein Intimspray und eine Intimwaschlotion. Neben der Tür hängt jetzt ein Regelkalender. Bei so viel *Intim* stelle ich mir vor, wird Chef rückwärts zur Tür rauswanken, mit ein bisschen Glück vom Schlag getroffen, oder er kriegt zumindest einen Herpes, und seine Sekretärin verweigert die innerbetriebliche Begattung.

Kriege ich jetzt mal Kaffee?

Wenn man einen Partner hat, muss man ständig irgendwelche Kompromisse machen. Selbst wenn der Partner nur ein Few-Night-Stand ist, kann man das schon beobachten. Deshalb schrecke ich vor echten Beziehungen zurück. Ich will mich einfach nicht unterbuttern lassen von jemandem, der noch nicht mal menstruieren kann. Eigentlich mag ich Männer aber ganz gern. Holger zum Beispiel ist ein Supertyp. Wenn der seinen Schwanz in mich schiebt, herrscht immer Andacht bei mir. Der bringt es nämlich fertig, währenddessen innezuhalten und zu sagen: »Oh, hier ist eine schöne Stelle.« Und tatsächlich berührt sein Schwanz in dem Moment irgendwas, und ein Krächzen entringt sich meinen Eingeweiden. Von dem unweiblichen Laut lässt er sich aber gar nicht aus der Fassung bringen. Er hält einfach weiter inne, lobt meinen schönen Körper und wie brav ich es mir besorgen lasse und berührt bedächtig diese Stelle, bis ich aufspringe und aufs Klo flüchte oder mit einem unmenschlichen Heulen, das mich selbst erschreckt, komme. Seit ich mit Holger ins Bett gehe, ist der Barmann aus dem Jack's vergessen, und der blöde Chinese, der mir auf dem Kopf rumzutrampeln pflegte und sämtliche Beschwerden ignorierte, ist brav wie ein Deckchen. Kein Laut mehr von oben, und wenn wir uns sehen, grüßt er mich mit einer tiefen Verbeugung. Ich glaube, er hat Angst vor mir und meinem unmenschlichen Heulen. So soll es sein. Allerdings habe ich selbst auch Angst. Ich hab schon, natürlich nachdem Holger weg war, mit Spiegel, Taschenlampe und vorsichtigen Fingern geforscht, was das sein könnte, wo Holger da immer draufdrückt. Aber da war nur feuchte Finsternis.

Seltsame Sache.

Vielleicht liegt es daran, dass ich Angst im Dunkeln habe und es mir deshalb ein wenig an Forschergeist mangelt? Ich müsste doch in meinem eigenen Körper finden, was er ohne Probleme an immer anderen Stellen auf Anhieb trifft und zart berührt. Das Ganze macht mich ein bisschen fertig, das können Sie sich sicher vorstellen. Einerseits will ich ja gerne Orgasmen noch und nöcher, aber doch nicht so unkontrolliert und animalisch. Ich werde Holger wegschicken, denke ich. Wenn das mit dem Sex das einzige Problem wäre, würde ich mich nicht so anstellen, aber bei dem komme ich auch nie zu meinem Kaffee. Wenn er ihn gekocht hat und ich schon, den Duft erschnüffelnd, schlotternd vor Entzug auf seinen Füßen stehe und mich an seinen Leib schmiege, küsst und küsst er mich, bis ich nach Kaffee winsele. Der wird ja auch mal kalt, aber das ist Holger egal. Er trägt erst mich ins Bett, dann holt er in aller Seelenruhe das Tablett mit dem Kaffee, und wenn ich dann so vor ihm liege, nimmt er beide Kaffeebecher und drückt sie auf meinen Körper, mal hier, mal da, mal an mein Geschlecht. Und ich seufze ein bisschen und bin andererseits auch sehr wütend, weil, wenn ich morgens keinen Kaffee hab, bin ich kein Mensch, und eigentlich weiß er das. Aber es interessiert ihn nicht. Er massiert meinen ganzen Körper mit dem Kaffee, den ich doch nur trinken möchte, bis ich klatschnass bin vor

Lust. Holger ignoriert meine Bedürfnisse völlig. Der Gerechtigkeit halber muss ich zugeben, dass er mir meistens einen Schluck gönnt, ehe er mich fickt, aber aus seinem Mund, was toll ist, jedoch ganz und gar nicht das, was ich bestellt hatte. Ich hatte eine Tasse Kaffee bestellt, nicht einen Mund Kaffee. Dann fickt er mich, wie gesagt, und wenn ich hinterher so richtig aufgelöst und fix und fertig bin, kriege ich endlich, endlich meinen Kaffee. Eine Stunde zu spät. Jetzt mal ehrlich, das ist doch keine Art, mit Menschen umzugehen.

Habe ich eine Geschäftsidee?

Ich muss ganz viel und ganz scharf essen ... und salzig, geradezu versalzen. Ich mache mir Couscous mit Unmengen von Harissa, der maghrebinischen Chilipaste, dazu gibt es Stilton, der so schwerhörig ist, dass ich ihm jede meiner Fragen zweimal stellen muss und ihn vor Rührung und Zuneigung am liebsten gar nicht verzehren würde. Eingelegte Artischocken sind auch nicht so lahm wie sonst, sondern glitschen mir durch den Mund, Öl rinnt meine Kehle hinab, ich habe das Gefühl, jede Zutat in jeder Nuance schmecken zu können. Mein Yogitee hat noch nie so euphorisch seinen Pfeffer gegen meinen Gaumen geknallt, und während ich das schreibe, liebkosen meine Finger die Tastatur, ich erfahre jeden einzelnen Buchstaben, mein Ärmel reibt sich lüstern zwischen Handballen und Notebook. Sie fragen sich, ob ich Pilze genommen habe? So blöd ist die Frage gar nicht. Irgendwas habe ich genommen. Ich weiß nur nicht, was. Als Holger ankam, hatte ich Halsschmerzen. Und weil er Arzt ist, hat er mir alle paar Stunden Kügelchen gegeben. »Wie fühlt sich dein Hals an? Viel oder wenig Speichel? Dicke

Zunge?«, hat er gefragt, während er, vor dem Bett stehend, mich, die zwar erkältet war, aber ansonsten eher heiß, so leidenschaftlich geliebt hat, dass ich vermutlich die letzten zehn Jahre intensiv scannen müsste, um Vergleichbares anführen zu können. Ich hab meine Antworten gestammelt, er ist unter meinen und den Blicken von Vorderhaus und Seitenflügel (ich hatte vergessen, im Wohnzimmer die Jalousien runterzulassen) in die Küche gegangen, hat sein Homöopathie-Set geholt, mit seinen schönen Händen erst bedächtig die Röhrchen ausgewählt, dann Kügelchen herausgeschüttet und sie mir auf die belegte Zunge gelegt, ehe er uns wieder ins Schlafzimmer und in Position gebracht hat und fortfuhr, mich zu lieben. So ist das dreimal geschehen. Nach dem ersten Mal war das Kratzen weg, nach dem zweiten Mal der üble Geschmack, nach dem dritten war alles weg, dafür lief mir die Nase. Wir haben uns geliebt, als gäbe es kein Morgen, und am nächsten Morgen hat er seine blaue Hose angezogen und gesagt, dass er weg will und nicht weiß, ob er wiederkommt. »Du bist besonders, Baby.« Ja, klar. Ich lag da wie gefällt. Und auch dagegen hatte er Kügelchen, die waren viel kleiner als die anderen, die eh schon klein sind, die waren so klein, dass mir vor Rührung und Mitleid die Tränen in die Augen schossen, während er mir die Kügelchen fütterte. Als er ging, schlief ich schon halb. Als ich erwachte, war es draußen hell, ich hatte wohl lange geschlafen. Und nun umgibt mich schon seit vielen Stunden dieses Glitzern, ich muss die ganze Zeit kochen und essen und alles berühren, als wäre es neu in mein Leben getreten. Zwar bin ich traurig, dass Holger weg ist, aber er hat mit seiner Medizin meine Sinne dermaßen geschärft, dass ich wahnsinnig viel spüre und sehe und schmecke – mir geht es gut wie lange nicht. Dabei sollte es mir schlecht gehen wie lange nicht. Ich liebe den Mann. Aber ich liebe auch die helle Schärfe von Pfeffer und dieses orangefarbene Glimmen im Docht der Kerze. Und den Puls neben meinem Daumen muss ich die ganze Zeit befühlen – ich hätte gar keine Kapazitäten mehr für einen fremden Puls.

Einmal noch anrufen könnte ich ihn zumindest. Ich würde lediglich sachlich mein Anliegen vortragen. Wenn er mir nämlich sagt, was das für kleine Kügelchen waren, dann könnte ich nicht nur mich selbst von Liebe unabhängig machen, sondern das Heilmittel auch unter die Leute bringen. Stellen Sie sich bloß mal vor: Jeder ist in sein eigenes Glitzern vertieft und blickt kaum auf, wenn sich ihm wieder mal jemand nähert, um Liebe vorzutäuschen. Das ist entweder Psychiatrie oder Paradies, ich bin mir nicht ganz sicher.

Warum schmerzt mein Herz?

Die Praxis ist total überfüllt, was für eine beschissene Idee, ausschließlich ohne Anmeldung zu arbeiten. Jedes Mal wenn ich hier im Wartezimmer stehe, weil es keinen Sitzplatz mehr gibt, beschließe ich, den Arzt zu wechseln. Aber die drei Jungs, die mit dieser Praxis ihren Lebenstraum verwirklicht haben – geile Räume mit geiler Kunst, ganzheitliches Konzept, viel Spaß –, sind in der Begegnung so überzeugend, dass ich dann doch immer bleibe. Heute tut mir alles weh. Ich weine schon, kaum dass ich auf dem Stuhl im Sprechzimmer sitze.

»Mir tut alles weh!«, jammere ich.

»Alles, kann ja gar nicht sein«, erwidert Thomas, tätschelt meine Schulter und reicht mir ein Tuch, damit ich mir die Nase putzen kann.

»Doch«, sage ich, »links die Mandeln, Fieber hab ich auch, außerdem das Herz und eben die ganze linke Seite. Mein Kiefer ist links verhakt, das hängt sicher mit dem Herzen zusammen, und jetzt sterbe ich, bevor ich richtig gelebt habe.« Ich brauche noch mehr von den Tüchern. Er hält die Box, während ich die rausziehe und mich schnäuze.

»Ach, Herzchen«, sagt er und tätschelt wieder meine Schulter. »Die ganze linke Seite, was?« Er legt die Hand nacheinander auf meinen Kiefer, meinen Magen, mein Herz, lässt sie immer ein bisschen liegen, nickt. Das dauert. Inzwischen stehen die Leute sicher bis auf die Straße. Ob ich Thomas (wir duzen uns natürlich, das gehört hier zum Konzept, früher hab ich mich schon das eine oder andere Mal gefragt, ob Sex auch zum Konzept gehört, damit wäre mir nämlich wirklich geholfen) das mal sagen sollte? Aber er hat die Augen zu, und mit jemandem Kontakt aufzunehmen, der die Augen geschlossen hat, ist ein Problem. In gewisser Weise sind wir aber in Kontakt, weil es gurgelt und rülpst, wo er seine Hand gerade draufhat. Das ist, als würde mein Körper über meinen Kopf hinweg mit ihm kommunizieren. Das finde ich regelrecht empörend. Ich hab meinen Körper noch nie verstanden, und jetzt kommt ein Wildfremder daher, und es entsteht eine rege Kommunikation, wo ich immer nur bockiges Schweigen erntete, wenn ich mal Interesse geheuchelt und nicht sofort nur zur Tablette gegriffen hab, um alle Symptome im Keim zu ersticken.

»Ja«, schalte ich mich ein und tippe Thomas auf den Arm, um ihn zurückzuholen aus der Welt meines Körpers, »das mit dem Herzen fühlt sich an wie Muskelkater. Die Rippen tun mir weh, als würde mein Herz dagegendrücken. Ich kann noch nicht mal mehr morgens meine 30 Liegestütze machen. Wahrscheinlich hatte ich einen Herzinfarkt.«

»Du hattest keinen Herzinfarkt. Muskelkater scheint mir die richtige Diagnose zu sein.«

Verständnislos starre ich ihn an, er hat die Hand immer noch auf meinem Herzen.

»Du hast Liebeskummer oder Trauer und bist gerade in Sachen Weiblichkeit auf eine Weise gefordert, die ein bisschen viel für dich ist«, sagt er ganz sachlich, und ich bin starr vor Schreck. Woher weiß er das? Sehr verliebt und nicht gewollt bin ich, aber das würde ich nie öffentlich sagen. Dass mein Körper das jetzt ohne mein Einverständnis einfach weitergibt, finde ich nicht in Ordnung. Und wenn die im Medizinstudium heute bloß noch lernen, mit dem jeweiligen Körper ein Schwätzchen zu halten, während der Patient auf dem Behandlungsstuhl ruhig verrecken kann, dann bitte nicht von meinen Steuergeldern! Ich will Tabletten, weiße, saubere Tabletten, die die Ordnung wiederherstellen.

»Reg dich ab«, sagt Thomas, als ich tief Luft hole, um mal Tacheles zu reden. »Ich schreibe dich für heute und morgen krank und empfehle, ach was, befehle dir, alles zu fühlen, was dein Herz stresst. Du wirst zwei Tage weinen, Musik hören, im Bett liegen und traurig sein. Und dann geht's dir wieder besser. Die Trauer ignorieren bringt nichts, dann staut sie sich nur in dir auf, das Herz ist ein geduldiger Muskel, aber wenn es überlastet ist, solltest du eingreifen und deine Liebesdinge klären. Sonst stirbst du nämlich wirklich.« Hat er das jetzt gerade in echt gesagt? Droht der mir? Aber Thomas überhört mein empörtes Schniefen und fährt fort: »Und was die Stärkung der weiblichen Seite angeht, verordne ich Massage und Shoppen.«
»Keine Tabletten?«, frage ich entgeistert.
»Keine Tabletten. Du kannst dir aber am Empfang ein Bonbon aus dem Glas nehmen. Und jetzt raus hier, die Leute stehen wahrscheinlich schon bis auf die Straße.«

Muss ich die Feste feiern, wie sie fallen?

Prost! Wenn man eine Gabel drin hat, bizzelt geöffneter Prosecco auch nach zwei Tagen noch ganz ordentlich. Zumindest kann man das finden, wenn man nicht wahnsinnig anspruchsvoll ist und für jedes noch so kleine Bizzeln dankbar. Hoch die Tassen! Auf mich! Eigentlich wollte ich den Prosecco mit Holger trinken, aber der ist ja abgetaucht. Und nun hab ich zwar nicht wirklich was zu feiern, zumal der Typ der Knaller war und ich ihn gerne behalten hätte, doch vielleicht sind eine halbe Flasche Prosecco und die neue CD von Damien Rice ja Anlass genug. Erst weine ich noch ein bisschen vor mich hin, nach der dritten SMS von Holger, die mir mitteilt, dass er lieber bei mir wäre als bei seiner Frau, höre ich mich irre lachen. Das klingt doch nicht schlecht. Lachtherapie. Ich lache ein bisschen lauter, gieße mir nach, schreibe ihm, dass er sich gerne melden kann, falls er mal bei Sabine ausgezogen ist, und dass ich ihm alles Gute wünsche. Und dann fängt die Party an. Ich trinke, ich tanze. Ich sexy Braut. Als ich vor dem Spiegel versuche, so tänzerisch meine Brüste zu schütteln, wie manche Frauen das können (Ergebnis: so lala), fällt mir meine allgemeine Verwahrlosung auf. Ich sehe nicht aus wie eine Frau, mit der sexy Typen Zeit verbringen wollen, ich sehe noch nicht mal aus wie eine Frau, mit der ich selbst Zeit verbringen will. Das kann doch wohl nicht wahr sein. Wann ist diese Verwandlung von der Sexgöttin zu Else Kling eingetreten? Und wieso ist Holger trotzdem auf mich abgefahren, oder ist er gar nicht auf mich abgefahren, sondern wäre jetzt bei mir, wenn ich schön wäre, zumindest so schön, wie ich kann? Über dieser Frage muss ich ein weiteres Glas Prosecco leeren. Diese Augenbrauen gehören gezupft, diese schuppige Haut muss mal richtig gepflegt werden. Ich verbringe eine halbe Stunde Prosecco süffelnd und meine Haut peelend unter der Dusche. Hab ich noch nie gemacht. Ist lustig. Na ja, ich bin auch besoffen, da ist zum Glück alles lustig, was sonst furchtbar wäre.

Wie herrlich sich eine Fuß-Eigenmassage anfühlen kann, hatte ich irgendwann zwischen Jobirrsinn und Verkehr mit den Verkehrten glatt vergessen. Unter meiner edlen Gesichtsmaske mit Goldpartikeln, inzwischen bin ich schon bei der nächsten Flasche und Alt-J, räume ich meinen Kleiderschrank aus, behalte nur die sexy Teile und trage drei Säcke in den Müll. Unterwegs treffe ich den Chinesen, der über mir wohnt, fassungslos starrt er auf meine weiße Maske. »Ist laut bei mir, nicht?«, frage ich. »Das ist Alt-J, ich dachte, du magst das sicher auch, hähä«, und gehe an dem Verdatterten vorbei. Das mit den Klamotten, weiß ich jetzt schon, wird mir leidtun, kaum dass ich wieder nüchtern bin. Beschränkt sich meine Auswahl an Klamotten, die Sexappeal versprühen, selbst wenn ich drinstecke, doch auf zwei großzügig dekolletierte Kleider, eine silberne Hose und zwei großzügig dekolletierte Shirts. Hose und Shirt ziehe ich gleich an. Da war doch irgendwo knallroter Lippenstift, man muss ja nicht immer Feinstrumpfhosen-farbenen nehmen, man kann auch mal was wagen. Ich finde ihn in der hintersten Ecke vom Kosmetik-

schrank, dessen Inhalt aus Medikamenten, Putzzeug und abgelaufenen Gummis besteht. Steht mir, die Hose auch, offenbar hab ich abgenommen über die letzten Monate, eine Frau mit einem solchen Arsch in einer solchen Hose würde ich normalerweise beneiden, aber heute bin ich das ja. Dann werde ich heute mal gepflegt Zeit mit mir verbringen, beschließe ich, merke aber dann, dass ich von dem ganzen Durchhalteprosecco wirklich fertig bin, und lege mich kurz hin. Geweckt werde ich vom Telefon. Richard, er steht unten vor der Tür, ich soll was korrekturlesen. »Heute nich«, sage ich in mein dunkles Schlafzimmer, »ich hab bisschen viel gefeiert.«
»Aber es ist doch erst um sieben«, sagt Richard verständnislos. »Hattet ihr 'ne Betriebsfeier? So richtig, mit Kälbchen am Spieß? Aber da gehst du doch nicht mehr hin, seit du im Suff mal mit deinem Chef schlafen wolltest.«
»Jaja, im Suff nehme ich jeden.« Während ich das sage, hab ich die rettende Idee. »Komm hoch.« Ich werfe die nassgeheulten Taschentücher weg, da steht Richard schon in der Tür.
»Wow, mit dem verschmierten Lippenstift siehst du wahnsinnig sexy aus.«
»Verarsch mich nicht, das brauche ich jetzt echt nicht.«
»Was war das für 'ne Party? So aufgebrezelt hab ich dich seit 1992 nicht mehr gesehen.«
»Willst du ein Glas Prosecco?« Ich schiebe ihn in einen Sessel und beuge mich mit dem großzügig dekolletierten Oberteil über sein Gesicht. »Oops, ist ja schon leer die Flasche. Ich hol 'ne neue.« Man muss die Feste feiern, wie sie fallen, und Richard ist jetzt eindeutig mal wieder fällig. Aber Oralsex ist nicht, höchstens die Sorte, wo ich seufzend in der Gegend rumliege. So gern ich blase, heute geht es darum, die Rückverwandlung von Else Kling zur Sexgöttin zu bewerkstelligen, Flurwischen, Blasen und andere Dienstleistungen werden von nun an nicht mehr erbracht. Und Richard scheint zu wissen, dass er heute an einer bedeutenden Mission beteiligt ist. Was für eine geile Nacht!

Als am nächsten Morgen eine SMS kommt, brauche ich einen Moment, um zu begreifen, von wem die ist. Mission erfüllt.

Macht Schwarz schlank?

Keine Ahnung, ob das stimmt. Hat meine Tante Irmgard immer gesagt, aber die hatte auch Aschenbecherböden in ihrer Brille, die war blind wie ein Maulwurf und hat wahrscheinlich nur repetiert, was in den 20er Jahren des letzten Jahrtausends in den Almanachs für junge Mädchen stand. Und wieso das da drinstand, weiß ich auch nicht. Ich stelle mir vor, man verschmilzt ganz gut mit dem Hintergrund, wenn man Schwarz trägt, außer der Hintergrund ist der rot leuchtende Tresen einer Bar, und man ist gerade da hochgestiegen, um für die anwesenden Matrosen zu tanzen. Hab ich lange nicht gemacht. Hab aber auch schon ewig keine Matrosen mehr gesehen. Die gehen wohl eher in Hamburg aus als in Berlin. Wer will denn eigentlich wissen, ob Schwarz schlank macht? Das ist ja die blödeste Frage, die ich je gehört hab. Warum bitteschön soll man denn schlank sein wollen? Glücklich? Ja! Sexy? Ja! Auf der Höhe meiner Möglichkeiten? Aber bitte, ja, dafür tue ich einiges! Schlank sein wollen ist nicht nur ein bisschen lahm zwischen all den Sachen, die man wollen kann im Leben, sondern sehr lahm. Aber wo Sie nun schon gefragt haben: Wenig essen macht schlank. Außer meiner Mutter, die Abend für Abend mehrere Kuchenstücke vertilgt hat und trotzdem ein Hungerhaken war, kenne ich keine schlanke Frau, die viel isst. Wenn Sie schlank sein wollen, essen Sie halt wenig, oder treiben Sie so viel Sport, dass Sie mehr Kalorien verbrennen als aufnehmen. Das ist eine ganz einfache Rechnung, die sogar diese reizenden Stiernacken im Fitnessstudio für Sie ausgerechnet kriegen, wenn Sie ein bisschen mit den Wimpern klimpern. Und um das Ganze noch einfacher zu machen: Fragen Sie doch einen dieser reizenden Stiernacken, mit welcher Sorte Sex Sie diese 700 Sportkalorien auch verbrannt kriegen würden. Das klingt jetzt unglaublich billig, aber wenn der Typ ein bisschen auf Zack ist, stellt er Ihnen in null Komma nichts einen Trainingsplan zusammen und überwacht, ob Sie jede Position lange genug halten, und das könnte doch wirklich lustig sein.

Okay, Sie können auch Ihre Freunde durchklingeln und fragen, ob nicht mal wieder jemand auf die alte Art umziehen will, wie früher eben, als man noch alles selber geschleppt hat, und weil die Bananenkisten nicht reichten und das ganze Wohnzimmer in Schuhkartons verstaut war, musste man millionenfach laufen, oder Sie bieten an, ein paar Fußböden zu schleifen. Falls jemand noch so olle Dielen hat und die zur Verfügung stellt, müsste das eigentlich auch schlank machen. Ich persönlich finde die Sexnummer aber lustiger. Ich bin allerdings auch schon einen Step weiter. Rudi von Australian Fitness hat mir zwar einen Trainingsplan zusammengestellt und ist den dreimal mit mir durchgegangen, aber damit das nicht zu einer festen Beziehung wird, trainiere ich seit zwei Wochen mit wechselnden Partnern. Allerdings nicht in erster Linie, um schlank zu sein, sondern weil ich ohne Training einfach extrem unausgelastet und unfreundlich bin. Und ehe ich Leute anpöbele, bin ich lieber schlank.

Welche Hilfsmittel sind erlaubt?

Meine sogenannte beste Freundin Natalie hat mir mal wieder was ganz Tolles zum Geburtstag geschenkt. Das Set »Back dir deinen Traummann« vom letzten Jahr hab ich sofort entsorgt, aber die Vaginalstimulationscreme, die ich jetzt auspacke, kann ich nicht gleich in den Mülleimer feuern. Richard findet die interessant und will mich sofort damit einschmieren.«»Erst Gebrauchsanleitung lesen«, sage ich, da dreht er sich weg, mit dem Lesen hat er's nicht so, und lutscht an meinen Füßen und trinkt Geburtstagschampagner, während ich mir die Packung angucke. Leider vergeblich. Die Schrift ist so klein, ich kann nicht entziffern, worum genau es bei der Creme geht, weder wenn ich mir die Schachtel dicht vors Gesicht halte, noch wenn ich den Arm ausstrecke. Wenigstens keine Altersweitsichtigkeit. Inzwischen sind meine Füße einmal abgelutscht, und Richard wird es langweilig. Er holt mir meine Brille und kramt den Vibrator *Bunny* heraus, den ich zwar besitze, aber nur im Notfall zum Einsatz bringe. Während ich also nun halbwegs lesen kann, was auf der Schachtel steht, spielt er mit *Bunny Transformers*. Es scheppert und quietscht zum Gotterbarmen in meinem Intimbereich und auch schon mal in mir drin, wenn es brenzlig wird und *Bunny*, der jetzt *Sunstreaker* heißt, sich zurückziehen muss. Außerdem spielen mit: zwei Kulis (*Huffer, Gears*), mein Hummelwecker (*Inferno*) und meine Notfalltaschenlampe (*Zeta Prime*). Ich überspringe die Inhaltsstoffe und lese gleich vor: »Auf die Klitoris und den gesamten Intimbereich aufzutragen«, das übernimmt offensichtlich *Sunstreaker*, den kann ich hinterher wohl wegschmeißen. Aber heute ist mein Geburtstag, heute bin ich großzügig, ich sage also nix und lese weiter vor. »Augenkontakt vermeiden.«

»Meine Rede«, sagt Richard zwischen meinen Beinen, »wenn du die Typen beim Vögeln anguckst, denken die gleich, du liebst die.«

»Aber ich liebe die ja auch.«

»Genau, deshalb: Augenkontakt vermeiden, wenn du regelmäßig Sex haben willst. Nur mich darfst du angucken, mir ist egal, ob du mich liebst oder nicht, allerdings nicht jetzt. Jetzt müssen wir hier weitermachen mit der Creme. Merkst du schon was? Ich schicke mal *Zeta Prime* los, die wird eh bald Schrott sein, wenn sie weiter so unklug agiert.« Es scheppert und kratzt, irgendwas zwickt mich in den Oberschenkel. Aber auch sonst merke ich was. Mein Geschlecht ist heiß und pulsiert. Jetzt auch von innen. Das fühlt sich nicht schlecht an. Das fühlt sich sogar sehr gut an. Jetzt brauch ich sofort einen Schwanz. Ich richte mich auf und ziehe Richard zu mir hoch. »Hilfe!«, schreit der, »*Huffer! Gears! Action!*«, aber da habe ich schon seinen Schwanz in der Hand, und er will auch nicht mehr

Transformers spielen und legt brav die Fahrzeuge zur Seite. Ich beuge mich rüber, um ihn zu küssen, da sagt er tonlos: »Die Taschenlampe fehlt.«

Wir Frauen nehmen total als selbstverständlich, dass Männer sich immer wieder an unsere Schwelle wagen und weiter vor, dabei denken sie sich die Vagina als eine Art Schwarzes Loch mit einem gewaltigen Sog, das wahllos Gegenstände und sogar Leute verschluckt. Manchmal ist der Impuls, sich in uns zu werfen, sicher auch Todessehnsucht. Hinterher sind sie dann doch froh, überlebt zu haben, manche brauchen erst mal 'ne Zigarette. Und Richard denkt tatsächlich, dass die Taschenlampe jetzt weg ist. Ist das nicht sehr süß?!?!

»Bist du wahnsinnig«, ich gebe mich entsetzt, »finde die gefälligst, oder denkst du, ich will in der Notaufnahme gefragt werden: ›Rausholen oder nur Batterien wechseln?‹«

Richard fühlt und tastet verzweifelt, aber er findet die Lampe nicht, die unter meinem Kreuz liegt und fast noch mehr wehtut als sein linkisches Gesuche. Wenn er zwischendurch hochguckt, sieht er aus, als würde er gleich anfangen zu weinen. Ich hab zwar Geburtstag und darf heute so grausam sein, wie ich will, aber ich mag den Mann und hole die Taschenlampe vor. Er ist ein bisschen sauer. »Ab jetzt keine Hilfsmittel mehr, das ist doch total bescheuert.« Er trägt alle *Transformers*-Darsteller höchstpersönlich aus dem Bett. »Ich hab einen soliden Schwanz und du eine herrliche Fotze«, er küsst meine herrliche Fotze (mit Zunge!), »das sollte doch wohl reichen.«

»Ja«, sage ich, »schon«, aber diese Creme macht mich buchstäblich heiß. Meinst du, die können wir irgendwann doch noch mal probieren?« Kaum habe ich es ausgesprochen, sehe ich es: Ihm tränen die Augen, seine Lippen und seine Nase sind knallrot. Jetzt ist er richtig sauer.

»Okay«, sage ich, »wir machen es einfach auf die herkömmliche Weise.« Aber da ist er schon im Bad und wäscht sich das Gesicht so gründlich wie wahrscheinlich seit Jahren nicht. Als er wiederkommt, hat er keinen Ständer mehr. Und weil ich mir das schon dachte, hab ich mein edelstes Massageöl geholt, lege Richard vor mich hin und mache seinem Schwanz ganz langsam und bedächtig *Die Uhr*.

Richard seufzt und streckt sich genüsslich unter meinen Händen. *Inferno* guckt vom Regal aus zu und staunt, wozu ich diesen Kerl da gerade transformiere.

Wer liegt oben?

Wenn eine Affäre das Stadium erreicht hat, wo es Streit gibt, wer beim Sex oben sein und aktiv sein muss, während der andere ein Schläfchen machen kann, ist es im Grunde vorbei, und nur mit großen Anstrengungen lässt sich diese an Herzverfettung leidende Kuh von einer ehemaligen Liebesgeschichte vom Eis kriegen*.

Ich bin ja ausgesprochen gerne oben, ich klemme mir den Mann zwischen meine Schenkel wie ein Hühnchen, das ich rupfen will**, und lecke, beiße streichele ihn so lange, bis er uns umdreht und das mit mir macht, weswegen ich seine stundenlangen Vorträge klaglos über mich ergehen lasse und ertrage, dass er wie ein Zweitklässler hellblaue Hosen trägt. Dann bin ich wieder oben, er probiert, wie es ist, sich mir auszuliefern, aber lange hält er das nicht aus. Natürlich hab ich einen Plan B, hinterher will er mal ein paar Stunden nur Berührung, und auf diese Weise können wir Tage im Bett verbringen, zumindest wenn seine Freundin nicht in der Stadt ist. Sowohl Richard als auch ich haben Tantrakurse gemacht, weil wir ahnten, dass Sex mehr sein muss als dieses bisschen Geruckel

---

* Ausgenommen von dieser Regel: Eltern. Erstaunlich, dass von diesen immer müden Menschen je zweite Kinder gezeugt werden. Vermutlich künstliche Befruchtung ...

** Entschuldigen Sie die Häufung an Tiermetaphorik in diesem einzelnen Text, aber genauso fühlt es sich an.

hin und wieder. Von irgendwelchen Krankenschwesternkostümen ganz zu schweigen. Eigentlich seltsam, dass man für viel Geld vermeintlich zwielichtige Kurse buchen muss und diese wichtige Sache nicht in der Schule lernt. Aber Chemie. Chemie lernt man in rauen Mengen. Chemiekenntnisse hab ich in meinem Leben nicht halb so oft gebraucht wie Sexkenntnisse. Alle stümpern so vor sich hin, es ist ein Albtraum. Beziehungsweise wäre es ja gut, wenn sie noch stümpern würden. Mit 35 haben die meisten aufgegeben und machen alle zwei Wochen so ein bisschen Sparsex zur Entlastung, damit sie besser einschlafen können, wo sie nun schon nicht beim Sport waren. Es ist zum Mäusemelken*. Leute! Ich fühle mich zwar heute dank Richard mal wieder wie eine waschechte Sexgöttin, aber trotzdem: Ich kann mich nicht um alle kümmern! Ihr müsst es schon selbst treiben wie die Tiere.

Wie kriege ich einen Mann?

Es ist Weihnachten, und in dem ganzen Komplex aus Vorderhaus, Seitenflügel, Hinterhof sind nur noch drei Wohnungen erleuchtet. Hier in Berlin-Kreuzberg sieht es aus wie in einem brandenburgischen Kaff. Nur der Dorfirre, der Säufer und die Hundertjährige sind nicht in der Kirche. Bei uns bin das ich, dann der Verrückte in Frauenkleidern, Hinterhof zweiter Stock, und im Vorderhaus die mit dem nagelneuen Baby. Alle anderen haben vor Tagen die Stadt verlassen. Der aus dem Hinterhaus sagt sich wahrscheinlich: *Shiva sei Dank*, bloß noch ich, die alte Frau von gegenüber und die Au-

---

* Keine Sorge, der Text ist gleich vorbei, das war das letzte Tier

ßerirdischen da oben. Das engelsgleiche Paar steht manchmal auf dem Balkon, und dann denke ich, dass sie mich bedauern, weil ich in meinem hohen Alter noch allein in einer riesigen Wohnung wohnen und mit wechselnden Partnern Geschlechtsverkehr haben muss, und bezüglich des Verrückten bieten sie dem Vermieter, mit dem sie befreundet sind, immer mal an, ihn mithilfe ihres Anwalts aus dem Seitenflügel rauszuekeln. Eine illustre Versammlung an Elend verschiedener Couleur, wie Sie sehen. Da liegt es plötzlich nahe, einen Strick zu nehmen und sich an der rachitischen Birke im Hinterhof aufzuknüpfen. Aber zum Glück bin ich mittlerweile so alt, dass ich etliche Lösungsansätze für das Weihnachtsproblem auf ihre Tauglichkeit testen konnte, sodass ich mir im Bedarfsfall ein Set aus den Dingen, die helfer (meistens läuft es auf Martini, Sushi und traurige Filme hinaus), zusammenstellen kann und nicht zum Äußersten greifen muss. Außerdem hab ich gar keinen Strick zu Hause. Sie etwa? Und wenn ich das Bauhaus wäre, würde ich im Umkreis der Feiertage an Frauen kurz vor der Menopause keine zwei Meter Abschleppseil verkaufen, sondern die Ladys milde in die Abteilung mit den Webrahmen führen beziehungsweise ihnen die Telefonnummer vom städtischen Tierheim in die Hand drücken, wo sicher das eine oder andere Katzenbaby darauf wartet, an eine schlaffe Brust gedrückt zu werden, beziehungsweise die Telefonnummer eines bedürftigen, alleinstehenden Mannes, aber nur falls die Frau nicht gar so derangiert ist.

Wieso hab ich eigentlich immer an den neuralgischen Punkten des Jahres keinen Mann? Sommerurlaub, mein Geburtstag, Weihnachten. Es ist ja nicht so, dass ich sonst einsam wäre, mein Bett wird gewissermaßen nie kalt. Aber wenn man mal Liebe braucht, nicht nur einen dreifachen Rittberger, ist plötzlich kein Mann greifbar. Wahrscheinlich sind die alle bei Natalie, die ist so gut organisiert, die bringt es glatt fertig, ihren Weihnachtsmann schon Ostern zu buchen. Sollte ich vielleicht auch machen, aber soo blöd sind Männer ja dann auch nicht, die riechen doch sofort Lunte, wenn man einen Termin für den 24. will. Und sich eine mit Martini abgefüllte Frau anzutun, die heult wie ein Schlosshund und nur geleckt werden will, aber nicht vögeln, das ist wirklich kein Spaß.

Ich hab von einer Frau gehört, die nach einer gemeinsamen Nacht einen ansonsten eher fremden Mann versehentlich in ihrer Wohnung eingeschlossen hat, weil sie vor ihm losmusste und ihn schlafen lassen wollte. War wahrscheinlich in Gedanken schon bei der Arbeit, hatte den mäßigen Sex von letzter Nacht doch tatsächlich verdrängt und vergessen, dass da noch jemand war, und abgeschlossen. Das war im letzten Jahrtausend, als auch schon Menschen lebten, es aber keine Handys gab. Telefon hatte sie auch keins. Und sie wusste ja nicht, dass sie den Typen eingeschlossen hatte. Nach der Arbeit ging sie also nicht nach Hause, sondern zu einer Freundin, und weil sie zu viel tranken, während sie über dies und das plauderten, übernachtete sie da, am nächsten Tag ging sie nach der Arbeit zu ihren Eltern, weil sie ein nettes Mädchen war und das einmal pro Woche machte. Dort schlief sie in ihrem Einsenbahnpyjama in ihrem alten Kinderzimmer unter dem Kim-Wilde-Poster. Am nächsten Tag ging sie nach der Arbeit noch einkaufen, weil sie nichts in der Wohnung hatte außer schwarzem Tee und sich mal wieder gemütlich was kochen wollte. Hätte sie gewusst, dass ein Mann sich drei Tage lang ausschließlich von diesem schwarzen Tee ernährt hatte, hätte sie auch davon gleich noch ein Päckchen mitgenommen, aber das wusste sie nicht. Als sie nach Hause kam, hatte der Mann nicht etwa die Tür aufgebrochen oder das Haus zusammengebrüllt. Nein, er saß mit der *Brigitte* (Fernseher hatte sie nicht, lesen war auch nicht so ihrs) im Sessel und hatte wohl schon auf sie gewartet. Man könnte ja jetzt meinen, sobald der Schlüssel im Schloss ging, hätte er seine Sachen zusammengerafft und wäre an ihr vorbei aus der Wohnung geschossen. Pustekuchen. Die beiden sind heute noch zusammen. Sie sagt, er liebt sie. Ich glaube, er leidet an einem schweren Trauma, sie hat ihn (wenn auch unabsichtlich) gebrochen mit der Aktion. Der kann gar nicht mehr raus, der Mann ist fertig.

Seltsam, was für Geschichten einem so einfallen an Weihnachten. Ich meine, man müsste ja nicht drei Tage wegbleiben, man könnte den Mann ja nur anknacksen, statt ihn gleich zu brechen, ich will ihn auch gar nicht für immer, er soll nur so fertig sein, dass er drei Tage bleibt, dann kann er sich meinetwegen ungläubig schütteln wie ein Nashorn nach dem Betäubungspfeil, probieren, ob alle Gliedmaßen funktionieren, und losstaksen in die Savanne. Leben Nilpferde in der Savanne? Egal. Das ist jedenfalls eine schöne Vorstellung.

Schlafe ich gleich ein?

Ich opfere mich hier echt auf für Sie und Ihren komischen Sex! Da können Sie ruhig mal danke sagen! Ich könnte draufgehen bei der Mission, und weil das Terrain, auf dem ich mich bewege, so unerforscht ist, würde das noch nicht mal jemand mitkriegen. Das ist wie übernachten im Packeis (an der Zeltplane schnüffelt ein Eisbär) mit Leuten, die man noch nicht mal an seinem Küchentisch haben will. Ich meine, schon die Fünferrunde, als die Frau beschlossen hat, mal 'ne Frau (mich, igitt!!!) küssen zu müssen, war aufwühlend, zumal irgendwer seine Hand in meinem Schritt hatte und ich nicht wusste, ob das eine Frau oder ein Mann war, weshalb ich jede Bewegung mit Argusgefühlen verfolgte und nicht das Geringste davon hatte. Die Testreihe konnte ich echt in die Tonne kloppen. Danach der Vibratorentest war auch nicht ohne. Ich will Ihnen die Details ersparen, aber hinterher hatte ich an einer spezifischen Stelle eine Brandblase von einem durchgebrannten Klitorisfrosch. Das Seminar »Sex und Essen« war ganz okay und brachte ja auch wirklich viele inspirierende Erkenntnisse. Ich stelle mir vor, dass ganz Berlin seitdem seine Dildos am heimischen Herd aus Götterspeise herstellt. Sex macht echt dick. Aber ich werde ja nach wie vor lieber gevögelt als ausgeleckt, weshalb ich ganz froh bin, dass Richard keine Götterspeise mag. Emotional anstrengend war dann das Selbstliebeseminar. Zuerst fing das ganz harmlos an: Ich durfte nackt zwischen anderen Nackten sitzen, was ich ja ganz geil finde. Doch dann kam's: Ich musste mein Geschlecht vorzeigen, und dann war ich abgemeldet, während es den anderen detailliert erzählte, wie der Sex und das Zusammenleben mit mir so sind. Gut, dass ich in der Vorstellungsrunde nicht angedeutet hatte, dass ich Sex wirklich draufhabe, dann hätten sich jetzt nämlich alle kaputtgelacht. Mein Geschlecht zog echt vom Leder. Das sei ja alles reines Kopfgeficke, was wir da immer machten, nach welchen Kriterien ich die Männer aussuchte, wäre nicht klar, aber eines wäre klar, mit Sex hätten die Kriterien nichts zu tun. Und es ginge immer zu schnell, und es würde zu wenig geleckt, und angeguckt hätte mein Geschlecht im Grunde nur einer, und das sei jetzt auch schon Monate her, die anderen würden lecken, wie man seinem Kind Rotz von der Backe ableckt. Und so weiter und so fort. Es war kein Spaß. Ich musste mich vor der versammelten Mannschaft verpflichten, mein Geschlecht besser zu pflegen. Ich war am Arsch, hatte ich doch gedacht, bei uns wäre alles in Butter. Leider durfte man keinen Alkohol trinken bei dem Seminar.

Die Krönung kam dann allerdings mit dem abschließenden Selbstliebeeritual. Man sollte eine ganze Stunde lang seinen gesamten Körper liebkosen, quasi Sex mit sich selbst machen. Am Anfang hab ich einfach so getan, als hätte ich total raue Haut und müsste mich mal wieder richtig eincremen. Aber als alle um mich rum auch erst bei ihren Armen waren und trotzdem stöhnten wie bei echtem Sex, war ich doch ratlos. Eine Weile rieb und cremte ich noch, aber irgendwo zwischen Brustbein und Schamhaar schlief ich zum Glück ein. In Momenten größter Not, das kennt man aus Filmen, schaltet der Körper sich automatisch aus. Wach wurde ich, als nacheinander zwei Frauen und ein Mann kamen. An dieser Stelle, so peinlich das ist, täuschte ich zum ersten Mal in meinem Leben einen Orgasmus vor. In der Abschlussrunde wurde ich dafür hart angegriffen. Ich erhielt den Auftrag, von nun an eine Liebesbeziehung mit mir selbst zu führen.»Aber genau so war die Liebesbeziehung zwischen meinen Eltern«, log ich:»Meine Mutter hat einen Orgasmus vorgetäuscht, mein Vater ist eingeschlafen. Da war nicht viel mit Liebe und Selbstliebe, woher soll's denn kommen, ich hab ja noch nie gesehen, wie das geht.« Die anderen verdrehten die Augen. Eine Frau giftete, ich solle es mir nicht so einfach machen. Wenn ich keinen Forschergeist hätte, wäre ich in dieser Runde fehl am Platz. Sie alle seien auf einer Mission, aber wie das mit mir sei, müsse ich jetzt mal entscheiden. Scheiße, Scheiße, das hat mir auch keiner an der Wiege gesungen, dass ich mal so runtergeputzt werde! Und während ich nur noch so klein mit Hut* bin, sehe ich, dass auf der anderen Seite des Kreises ein sexy Typ sich grinsend die Ärmel hochkrempelt und prüft, ob Kompass und Taschenmesser in seinem Gürtel stecken – offenbar hat er vor, mich auf diese gefährliche Mission zu begleiten. Zu zweit ist das natürlich was anderes. Zu zweit schaffe ich alles. Die Forschungsergebnisse lasse ich Ihnen dann zukommen.

Wie sehe ich aus?

Ich mache Fortschritte, dachte ich letztens schon. Da hat ein Typ gesagt, ich würde aussehen wie Catwoman, und mich in den Nacken geküsst. Ich hatte einen hohen Preis für dieses neue Aussehen bezahlt: Ich hatte mich vom Westen abgewandt, aß wie früher in der DDR nur Äpfel, Karotten und Kohl. Käse kam bloß auf den Tisch, wenn ich Gäste hatte, und Schokolade kannte ich nur aus dem Fernsehen. Catwoman. Ich sah wirklich super aus, dagegen gab es nichts zu sagen, bis der Typ mich seiner Freundin vorstellte (die natürlich nicht wusste, dass ich einen Tag vorher unter ihm um Gnade gewinselt hatte). Neben dieser Frau sah jede andere Frau aus wie Catwoman. In jeder Hinsicht. Sie war übergewichtig, aber nicht die Sorte sexy sinnliche Dicke, sondern an ihr war jedes Gramm Fett schwer de-

---

* Die zu dieser Wendung gehörende Geste bitte vorstellen. Danke.

pressiv. Zu allem Überfluss trug sie wahrscheinlich schon seit dem Morgen einen verfilzten hellblauen Strickpullover, in dem man nach zehn Minuten zuverlässig nach Schweiß riecht, und eine zu enge Billigjeans. Und ob Sie es glauben oder nicht, eine Minute neben der Frau mit dem müden Blick und der fahlen Haut, und ich raste in die Küche und brauchte dringend einen dieser Muffins mit dem extradicken Zucker-Zitronen-Frosting. Sie wollte auch einen, und während wir einträchtig mampften, erzählte sie mir mit Tränen in den Augen, dass sie im Job gemobbt wird, letzte Woche eine Mieterhöhung um zwanzig Prozent bekommen hat und keine Kinder bekommen kann. Ich musste mich mit meinem Gürtel am Türstock festbinden, um nicht in die Küche zu den Muffins zu fliehen. Ich mochte die Frau, das war nicht das Problem, sie war warmherzig und klug, aber was ich täglich mit geradezu unmenschlicher Kraft und Entschlossenheit zurückdrängte, dem hatte sie sich vollständig ergeben. Noch deutlicher wurde das allerdings, als der Typ zwei Wochen später nicht anders konnte und sich für den Trauerkloß entschied statt für mich: Unglück ist eine Droge, liegen bleiben ist verlockend und aus vielerlei Gründen, die aber zum größten Teil mit unseren Eltern zu tun haben und deshalb verjährt sind, leichter als aufrecht stehen. Was sollte ich machen? Ich blieb stehen, als er die Tür hinter sich zuzog. Und dann goss ich mir einen Martini ein und beschloss: Wenn schon Catwoman, dann doch bitte ab jetzt nicht nur die Figur, sondern auch die Abenteuerlust und die Gier. Heute gibt's vor dem Sex eine asiatische Suppe mit Jakobsmuscheln und nach dem nächsten Sex Käseküchlein. Ich muss nur noch sehen, wen ich mir dazu einlade und wie viele.

Bin ich einsam? (2)

Immer wenn wir an einer Kuh vorbeikommen, muht er. Und weil er auf dem Land lebt und ich ihn da besuchen muss, wenn ich ihn sehen will, kommen wir oft an Kühen vorbei, und er muht. Und zwar nicht pro Herde einmal, sondern pro Kuh. Ehrlich gesagt, könnte ich ihm jedes Mal eins in die Fresse hauen. Man kann doch nicht mit jemandem zusammen sein, dem man an die zwanzigmal am Tag eins in die Fresse hauen will. Augen auf bei der Partnerwahl, da haben Sie schon recht*. Aber ich liebe es, in seinem Bett zu schlafen. Schlafstörungen und Albträume gehören der Vergangenheit an.»Gegen Schlafstörungen gibt es Medikamente«, bringt Natalie die Sache auf den Punkt,»du könntest auch einfach mal wieder vögeln, bis du vor Erschöpfung einschläfst, statt dir Abend für Abend von diesem Typ aus dem *Kleinen Prinzen* vorlesen zu lassen.« Mist. Sie hat recht. Mit dem Mann fühle ich mich so behaglich, und wenn mir in meinem Leben was gefehlt hat, dann Behaglichkeit. Aber ich kann doch nicht, weil meine Mutter scheiße war, einen Mann benutzen, um nachzuholen, was ich mit vier hätte haben sollen. Zumal mir, während ich Behaglichkeit nachhole, all die aufregenden, geilen (oder auch mal anstrengenden) Sachen entgehen, denen ich mich in der Gegenwart zu widmen hätte und die eben auch mal Schlafstörungen erzeugen können. Ob ein Hund reichen würde? Der bellt zwar auch jede Kuh an, aber mit dem würde ich einfach in der Stadt bleiben. Wir würden tagelang kuscheln und wären quasi ein Team auf sechs Pfoten.
»Keine Surrogate!«, ätzt Natalie.»Nimm deine Einsamkeit wahr und lerne, mit ihr zu leben.« Welche Einsamkeit? Ich hab doch den

---

* Trotzdem: Klugscheißer!

muhenden Mann. Na gut, na gut, ich weiß schon, was sie meint. Letztlich ist jeder allein. Und es ist schön, wenn ein paar nette Leute zum Vögeln, Essengehen, Lachen und Sachenmachen dazukommen. Aber wenn man von diesen Leuten abhängig ist, ist man nicht mehr frei. Und Natalie und ich haben uns mal geschworen (da waren übrigens ein Messer und Blut im Spiel), dass wir nie unfrei sein und faule Kompromisse machen wollen. Und ein Mann, der ständig muht, ist gewissermaßen die Verkörperung eines faulen Kompromisses. Dann lieber allein? Oh Gott, das fällt mir schwer. Ich werde ihn heimlich treffen müssen. Wir können ja in der Wohnung bleiben. Das dachte ich zumindest, bis ich seine Filmsammlung gesehen hab. Meine Tasche gepackt hab ich dann allerdings erst, als er bei *Shaun das Schaf* anfing zu mähen. Lieber einsam sein als verblöden. Zumindest für den Moment.

Weiß ich, wo es langgeht?

Gerade wieder eine Frau in die falsche Richtung geschickt. Das tut mir besonders leid, weil es dunkel ist und regnet, und dort, wo ich die Frau hingeschickt hab, demonstrieren mal wieder dreißig Leute, ringsrum ein martialisches Polizeiaufgebot. Wenn mir so was passiert, hoffe ich immer, dass die jeweilige Frau keine Hexenkräfte hat und mir Herpes an die Lippe und Langeweile ins Bett hext. Lieber wäre es mir, ich würde von einem Mann nach dem Weg gefragt, Männer haben garantiert keine Hexenkräfte (zumindest keine, derer sie sich bewusst sind), aber Männer verrecken lieber in der Einöde, bevor sie nach dem Weg fragen oder um Wasser bitten. Es ist also immer eine Frau. Wer mich nach dem

Weg fragt, kann sicher sein, in die falsche Richtung geschickt zu werden, nur weiß diejenige das ja nicht, ich selbst weiß es in dem Moment auch nicht. Wenn mich jemand anspricht, fühlt sich das immer an wie Prüfung, ich habe Schweißausbrüche, mein Hirn ist leer, ich muss aufs Klo, und ich stottere. Dann rufe ich mich muttimäßig zur Ordnung: *Konzentrier dich, Beate Kruse, und sag der Frau jetzt unverzüglich, wo sie hingehen muss*, und das genau ist der Fehler: Statt zuzugeben, dass ich nichts weiß, simuliere ich wie der letzte Wessi Kompetenz und Souveränität. Andere Leute scheinen dieses Problem nicht zu haben, wann immer ich jemanden nach dem Weg fragen muss, bekomme ich eine richtige Antwort. Und weil ich ein vollständig orientierungsloser Mensch bin, muss ich alle naselang jemanden fragen. Erst versuche ich es natürlich meistens allein – ein Stadtplan sollte einer intelligenten Frau doch ausreichend Informationen zur Verfügung stellen, um von A nach B zu gelangen. Aber nach einer angemessenen Zeitspanne frage ich doch, bekomme eine anschauliche, präzise, richtige Antwort und gelange ohne Umwege an mein Ziel. Allerdings frage ich eigentlich immer Männer, und zwar in der Hoffnung, dass die mich nicht dämlich finden, sondern niedlich. Verliert man den Niedliche-Mädchen-Status eigentlich irgendwann?»Nicht, wenn du weiter unbeirrt diesen herrlichen Chanel-Lippenstift trägst«, sagt Natalie ungewohnt milde.»Wobei, inzwischen hast du ihn auf dem Schneidezahn. Hatte meine Oma auch, und die saß tagelang an der Scheinhaltestelle vor dem Altenheim, ohne dass jemand ihr den Weg gezeigt hätte.«

Was habe ich für Fesseln?

In der Literatur werden immer mal die Fesseln von Frauen erwähnt, entweder sind sie schmal oder nicht schmal genug. Das macht mich ganz fertig. Soll ich jetzt auch noch meine Fesseln zur Problemzone erklären? Aber lange halte ich mich mit solchen Gedanken nie auf, gehe ich doch davon aus, dass Autoren dieses schöne Wort verwenden, um eine gewisse Atmosphäre herzustellen, zu der Begriffe wie Oberschicht, Bildung, verfeinert, mondän passen. Und da all die Begriffe so dermaßen jenseits meines eigenen Begriffsfeldes liegen, muss ich mir im Grunde keine Sorgen wegen meiner Fesseln machen. Aber neidisch bin ich dann doch. Ich wäre gerne eine Frau mit schlanken Fesseln und feinen Manieren, aber die Männer, mit denen ich ins Bett gehe, wissen unter Umständen noch nicht mal, was Fesseln sind, geschweige denn, ob meine schlank sind. Nach Niednagel und Amorbogen darf man auch nicht fragen. Die Männer, die ich so kenne, kennen einfach manche Wörter nicht. Aber sie sind Spezialisten, was mein Geschlecht angeht, und das ist ja wohl das Wichtigste. Allerdings traue ich mich nicht, die mal zu fragen, wie mein Geschlecht aussieht. Und die Männer sind zu diskret beziehungsweise maulfaul, um es zu beschreiben und in Beziehung zu setzen zu anderen Geschlechtern, die sie gesehen haben. Wie ist das perfekte Geschlecht? Haben Männer Vorlieben? Nehmen Sie es, wie es kommt – ich habe keine Ahnung. Vielleicht wollen sie vermeiden, dass man ihnen die Wahrheit über ihren Schwanz sagt, und halten deshalb lieber den Mund, aber ich lobe jeden einzelnen Schwanz über den grünen Klee, ich vermute, mein Geschlecht würde es auch mögen, gelobt zu werden. Es könnte doch wirklich mal jemand all seine Vorzüge aufzählen, und zwar so detailliert, dass das Stunden dauert. Das würde ich mir sehr wünschen. Andererseits: Scheiß doch auf Worte, solange ausreichend liebkost wird.

Weiß ich zu viel?

Manni Mammut hat eine Freundin. »Knutschen ist nicht Fremdgehen«, sagt er beiläufig bei unserem letzten Mal Tischtennis. Wenn ich also wollte ... Soso. Die Beziehung steht schon von Anfang an unter keinem guten Stern, scheint mir. Wieso will er nicht Tag und Nacht seine neue Freundin knutschen? Wozu braucht der mich auch noch? Klar ist das schmeichelhaft, beziehungsweise wäre es schmeichelhaft, wenn nicht Manni Mammut derjenige wäre, der das sagt. Was hab ich mich über den Mann geärgert. Zum Beispiel weiß ich bis heute nicht, ob er tatsächlich einen kleinen Schwanz hat, oder ob er einfach nur nie ganz bei der Sache war, weil er ja ständig über seine Projekte und Männer und Frauen und Sex *reden* musste, statt mal anständig Sex zu *machen*. Gott, war das trist. Nach dem Mammut musste ich stets augenblicklich einen anderen haben, um mich zu vergewissern, dass es noch geht, dass ich nicht ausgetrocknet bin und demnächst sterbe.

Wenn ich ihn jetzt mit dieser reizenden Blondine sehe, die mit ihrer rauen Stimme dem DJ den Song vorsingt, den sie sich wünscht, dessen Band und Titel sie aber vergessen hat, bin ich ganz ratlos. Wenn es diese Blondine in männlich gäbe, die würde ich auch nehmen. Die macht bestimmt total Spaß im Bett. Andererseits weiß ich ja, wozu das Mammut im Bett fähig ist, beziehungsweise wozu nicht. Was macht die mit dem? Hat die jetzt seit einem halben Jahr Sparsex, oder ist ihr gelungen, wobei ich mir vergeblich Frostbrand an Lippen und Schamlippen geholt habe – das Mammut noch mal aufzutauen? Ich hätte geschworen, dass es so tot ist wie nur irgendwas. Es kommt vor, dass ich auf einer Party mit zwei Dritteln der anwesenden Männer geschlafen habe und folglich sehr genau weiß, was ihre Freundinnen vor dem Frühstück hatten oder nicht hatten. Das ist ein bisschen gruselig. Meistens wende ich schnell den Blick ab und widme mich dem einen Drittel, das ich noch nicht kenne. Aber da ist ja auch die eine oder andere Niete drunter, und vielleicht hat irgendeine Frau auf der Party das gewusst und hätte mich warnen können. Eventuell sollte man ein Portal einrichten, wo Frauen die jeweiligen Qualitäten der Liebhaber benennen können, es braucht ja auch nicht jede Frau dasselbe. Was dann allerdings beim Mammut als positiv zu verbuchen wäre, will mir beim besten Willen nicht einfallen – vielleicht klärt seine neue Freundin mich mal auf.

Habe ich Nebenwirkungen?

Selbst bei Männern um die vierzig kommt es vor, dass sie überrumpelt sind, wenn der Geschlechtsverkehr andere Nebenwirkungen hat als ein gefülltes Kondom und Müdigkeit. So oft kommt das ja eh nicht vor, was kein Wunder ist angesichts dessen, wie sie rumstümpern, aber ich bin jedes Mal alarmiert, wenn ich mit jemandem beim Sex weine. Denn was ich total berührend finde, erschreckt die Männer so sehr, dass ich sicher sein kann, sie verlassen hinterher so schnell wie möglich den Ort des Geschehens. Ich kann bloß froh sein, dass sie nicht alle Zeugen beseitigen und das Haus niederbrennen, aber wiedersehen wollen sie mich auf keinen Fall. Aus Schaden wird man klug, und Richard sagt ja auch, ich soll lieber auf intensiven Blickkontakt verzichten. Also treibe ich eher das Stümpern voran (»Willst du nicht mal kommen, es wird bald hell«), und wenn wir dann kichernd über mein riesiges Bett rollen, tröste ich mich damit, dass zusammen kichern fast so schön ist wie zusammen weinen, und wenn alles gut geht, kommen wir auch noch zusammen, zum Orgasmus nämlich, dann kann ich mich gar nicht mehr beschweren.

So weit die Theorie. In der Praxis hab ich mich in meinen Atemtherapeuten verliebt. Und zwar nicht, weil er das Kondom so gut füllen kann. Im Gegenteil, er verweigert den Geschlechtsverkehr und erwähnt recht häufig seine Freundin, was einem aber egal ist, wenn man verliebt ist. Scheiß auf den ganzen Sex – der Typ hatte mein Herz in der Hand, wie könnte ich ihn nicht lieben? Aber machen wir uns nichts vor: Wahrscheinlich hat der Typ die Herzen von ganz Berlin in der Hand, und die Leute haben alle nur noch so Pseudobeziehungen und Pseudoleben und wollen eigentlich ihn.

Als ich das erste Mal auf der Liege lag, hab ich noch gedacht: Na, du Bär, hast du auch lieber Honig geschleckt, als einen anständigen Beruf zu lernen, und machst jetzt in Esoterik. Er hat eine Augenbraue gehoben, seine Hand auf mich gelegt und mit einem Grinsen vorgeschlagen, ich könnte ja die Augen schließen und immer dahin atmen, wo seine Hand gerade ist. Am Anfang ging das bloß stockend und stotternd, aber irgendwann war es sehr befreiend, geradezu ein Genuss, mal richtig durchzuschnaufen. Bis er dann, wie gesagt, mein Herz in der Hand hielt. Natürlich kann das nicht sein, aber es fühlte sich so an. Nach der Sitzung floh ich regelrecht, aber im Gegensatz zu den Feiglingen in meinem Bett machte ich sofort einen neuen Termin und lasse ihn seither einmal wöchentlich mein Herz halten. Finanziell wird mich der Mann, den natürlich die Krankenkasse nicht zahlt, voraussichtlich ruinieren, aber gefühlsmäßig bin ich eine reiche Frau. Dass man sich in denjenigen verliebt, der einem solche Sensationen macht, ist ja irgendwie klar. Gibt es einen besseren Grund, sich in jemanden zu verlieben? Na ja, vielleicht müsste irgendeine Form von Gegenseitigkeit bestehen. Aber das lässt er natürlich nicht zu. Andere lassen aber auch nix mehr zu, sodass ich keinen Sex kriege. Das Problem ist: Männer scheinen zu sehen, dass an mir etwas anders ist, zur Sicherheit gehen sie lieber gar nicht erst mit mir ins Bett oder schnüffeln mit großen Nasenlöchern an mir lang, um rauszukriegen, was sich verändert hat. Und auch wenn ich die Augen fest geschlossen halte, kommt die Botschaft doch bei ihnen an, die mein Herz unerlaubterweise aussendet. Und dann kommen sie nicht wieder. Letztens hab ich in der Not schon einen ganz Kleinen genommen, einen, der froh sein konnte, dass ich mich für ihn interessierte. Und natürlich schnüffelte der auch, ich dachte schon, das war's jetzt. Aber er legte sich mich zurecht, betrachtete mich, hob erst das rechte, dann das linke meiner Lider und lächelte mir in die Augen. Oh, das war schön. Und der Mann hatte so kräftige Hände. Und während wir es taten, legte er eine davon auf mein Herz, das sofort einen Satz machte, woraufhin er sagte: »Hoppla, das scheint mir jetzt aber nötiger zu sein als Sex.« Und dann blieben wir zwar in dieser Position, aber er berührte mich, statt mich zu ficken. »Willst du nicht mal kommen, es wird bald hell«, versuchte ich, die Distanz wiederherzustellen. Aber er tat gar nicht dergleichen. »Das kommt nachher. Jetzt kriegst du erst mal 'ne kleine Therapiesession. Ich bin Osteopath. Also vertrau mir, schließ die Augen und atme doch mal dahin, wo ich meine Hand hab.«

Was macht mein Geschlecht in seiner Freizeit?

Irgendwie suche ich mir immer zielsicher die Jungs aus, mit denen beim Vögeln kein Blumentopf zu gewinnen ist – im Gegenteil: Letztens ist einer aus seinem eigenen Hochbett gefallen, während wir es getrieben haben, zum Glück stand unten sein Wäscheständer voll mit Dreckwäsche. Zwar musste ich ihn nicht ins Krankenhaus bringen, aber zu großen Unternehmungen war er nicht mehr zu bewegen. Er hat nur noch Rotwein getrunken auf den Schock und sich einen blasen lassen. Aber das war schon okay. Ich hab überlegt, ob ich mir nicht mal so eine kleine Krankenschwesternuniform zulegen sollte. Haben Sie eine Ahnung, wie hoch die Wahrscheinlichkeit ist, dass derjenige, dem ich damit komme, sich kaputtlacht? Mögen Männer so was generell? Ich meine, wo ich eh in neunzig Prozent der Fälle als Krankenschwester, Mama oder Prostituierte missbraucht werde, kann man es auch gleich offiziell machen, damit alles seine Ordnung hat. Keine Sorge – Geld will ich nicht nehmen. Wobei – ich hab eine Freundin, mit der man für viel, viel Geld schlafen kann. Und sie sagt, dass die Männer, die sie bezahlen, wesentlich netter, fantasievoller, lustiger, kultivierter, feinfühliger, großzügiger, gelassener, neugieriger, selbstbewusster, liebevoller, fürsorglicher und so weiter sind als die Jungs, die sie so über Parship datet und die den gleichen Service für umsonst kriegen. Woran liegt das wohl? Geht's um kontrollierte Ekstase? Ich belege ja diese Kurse, in denen man für eine sehr begrenzte Zeit die Kontrolle verlieren kann, und hinterher klatscht die strenge Lehrerin in die Hände: »Wir sind spät, Mittagessen ist fertig, jeder nimmt seinen Partner für ein Feedback mit in den Speisesaal.« In der Kurszeit mache ich alles, wobei ich mich im echten Leben einscheißen würde. Erstens passt ja die Lehrerin auf, und zweitens hat eine Stunde lang noch jeder alles überlebt. Außer vielleicht einen Hai-Angriff. Vielleicht ist das für Männer genauso, die mit meiner Freundin ins Bett gehen. Ist ja nur für ein paar Stunden, und sie werden hinterher garantiert auf nichts festgenagelt, sondern dürfen ihrer Wege gehen. Ist das eine wie das andere eine hilfreiche Krücke, mit der man sich ins Gefährliche traut? Mein Sex ist wesentlich interessanter, seit ich durch die Kurse eine Ahnung hab, was so möglich ist. Allerdings ist das natürlich trügerisch. Einmal die Kontrolle verloren, heißt, man kriegt sie nie ganz wieder: Mein Körper weiß nämlich auch, was so möglich ist, und zuckt und bebt, sobald ich mich entspanne, das müsste ich Ihnen bei Gelegenheit eigentlich mal zeigen, damit Sie's glauben. Ganz zu schweigen von dem, was mein Geschlecht neuerdings in seiner Freizeit macht.

Bin ich einsam? (3)

Ich muss mich besser ernähren. Es kommt gar nicht so selten vor, dass ich eine geschlagene Woche lang nichts gegessen habe, das mein Körper wirklich braucht. Ein junger Organismus steckt das weg beziehungsweise scheißt das wieder aus, stelle ich mir vor. Aber ich bin inzwischen voller Nudel- und Nutellaschlacken. Mein Körper kann kaum noch die Vitalfunktionen aufrechterhalten. Andererseits braucht aber mein Gefühlshaushalt Nudeln und Nutella, um sich darüber hinwegzutrösten, dass wir mal wieder eine Woche allein verbringen, mein Körper, mein Gefühlshaushalt und ich. Wieso braucht mein Gefühlshaushalt was anderes als mein Körper? Vielleicht muss ich da längerfristig vermitteln, die beiden an einen Tisch bringen. Aber ich schätze, der Körper wird sich durchsetzen und drohen, wenn es nicht mehr Karotten gibt, macht er den Gefühlen einfach das Licht aus. Wahrscheinlich deshalb hab ich bislang das klärende Gespräch vermieden. Wenn es einem schon scheiße geht, will man nicht auch noch Karotten essen. Zumindest nehme ich jede Menge schweineteure Ergänzungspräparate, aber da steht auf Englisch drauf, dass die gesunde Ernährung nicht ersetzen, was ein Witz ist, weil, wer sich gesund ernährt, gibt doch nicht über hundert Euro im Monat aus für Vitamine und dergleichen, der setzt das Geld doch lieber in wöchentliche Thaimassagen um oder kauft sich jeden Monat einen neuen Vibrator oder seinem neuen Lover Schals und Duschgels und sich selbst Dessous.

»Nimm dich nicht so wichtig, das sind alles nur Routinen, die du durchbrechen musst«, klugscheißt Natalie, als ich ihr davon erzähle, und ich nehme mir mal wieder vor, nicht immer gleich sie zu konsultieren, wenn ich nicht weiterkomme, sondern zu warten, bis das Problem sich von selbst löst oder mir mal wieder Sex angeboten wird. Mit Sex lassen sich achtzig Prozent aller Probleme lösen, dafür muss der Sex noch nicht mal gut sein. Aber wer will denn diesen verschlackten, fahlen Körper begatten? Das ist doch aussichtslos. Ich hatte heute um 13 Uhr noch eine Falte vom Kissen im Gesicht. Und sehe überhaupt unfroh und alt aus. Es ist nur eine Frage der Zeit, bis ich irgendwelche Beschwerden* krieg. Plötzlich hab ich das Gefühl, hier geht es um Leben und Tod. Ich schnappe mir ein Heft und einen Stift und gehe zum Asiaten um die Ecke. Ich bestelle ein vegetarisches Curry und einen Tee und kaue auf dem Stift. Hier das Curry zu essen ist schon mal ein Anfang, finde ich, das ist total gesund. Ich schreibe auf, was gleichzeitig gesund und köstlich ist, und mir fällt gar nicht so wenig ein. Den Zettel werde ich an den Kühlschrank hängen, der natürlich von allem befreit ist, was nicht gut für meinen Körper ist, das hab ich vorhin gleich noch gemacht. Die zwei vollen Nutellagläser hab ich dem blöden Chinesen über mir vor die Tür gestellt, soll der doch verrecken, ich krieg gerade noch mal die Kurve.

Als mein Essen kommt, lege ich das Heft beiseite und widme mich ganz und gar dem Genuss, nicht nebenbei und in Hast soll man essen, sondern man soll wahrnehmen, wonach die Speisen schmecken, da muss man gar nicht Natalie anrufen, das ist Wissen, das jeder parat hat. Das Curry ist köstlich: süß, cremig und scharf, voller knackigem Gemüse, in dem jede Menge Vitalstoffe stecken. Ich genieße auf Hochtouren, leider läuft mir die Nase von der Schärfe. Ein Typ, der neben dem Tresen stand und offensichtlich nur was abholen will, kommt her und hält mir ein Taschentuch hin. »Dir schmeckt's, was?«

»Oh ja, ich hab schon lange nicht mehr so gut gegessen«, sage ich und mustere ihn begeistert. Er mustert mich auch begeistert. Offenbar wirkt das gute Essen schon, es belebt und stärkt meinen Körper, sodass er gleich attraktiver ist als noch vor einer Stunde.

---

* Ist Ihnen auch aufgefallen, dass es Beschwerden nur im Plural gibt? Die kommen nicht einzeln, die kommen geballt, und dann ist es quasi auch schon vorbei.

»Ja, ich find die auch gut. Das ist der einzige Laden, der sich noch traut, Glutamat ins Essen zu tun. Total ungesund, aber es schmeckt einfach.«
»Nee, oder?« Beinahe breche ich in Tränen aus. Er setzt sich neben mich und sagt: »Aber das macht doch nichts, wenn man sich ansonsten gut ernährt, spielt das bisschen Glutamat gar keine Rolle.«
Ich schiebe meinen Teller zur Seite. »Aber ich ernähre mich nicht gut. Und mein Gefühlshaushalt ist auch nicht in Ordnung.« Wieso hab ich das jetzt zu einem Wildfremden gesagt? Wahrscheinlich zu allem Überfluss auch noch Probleme mit dem Hirn. Klar, dem fehlen auch Vitalstoffe. Aber der Mann scheint's ganz lustig zu finden. Er lädt mich auf einen Rotwein in die Bar nebenan ein, und wenn ich die Zeichen richtig deute (worauf man sich allerdings nicht verlassen sollte, jetzt, wo man die Details über meinen Zustand kennt), bekomme ich demnächst wider Erwarten doch noch mal Sex. Das mögen beide: Körper und Gefühlshaushalt. Und vielleicht ist er ja Ernährungsberater und kann mir das eine oder andere sagen, während er mir das eine oder andere macht. So habe ich Routinen schon immer am liebsten durchbrochen.

Ist es Schicksal?

Obwohl ich in meinem Leben mit vielen Männern geschlafen hab, war nie ein Name doppelt. Zuletzt musste das Leben sich ganz schön anstrengen, das gebe ich schon zu. Da waren dann Namen wie Bent oder Kor dabei, die ich mir beim abendlichen Scrabble gegen mich selbst niemals durchgehen lassen würde. *Bent gibt's nicht, Beate, würde ich sagen, sei eine gute Verliererin und nimm die Buchstaben wieder weg.* Umso bemerkenswerter, dass ich jetzt den ersten Namen doppelt hab. Gregor. Lassen Sie sich das mal auf der Zunge zergehen. Gregor hieß mein allererster Freund. Ein toller Typ, der selbstbewusst genug war, zu keiner Clique gehören zu müssen. Und jetzt Gregor Nummer 2. Ich gehe von Schicksal aus, das muss ich schon sagen. Gut, ich kenne ihn noch nicht näher, aber der erste Sex war nicht übel. Wie Gregor Nummer 1 (und nach Gregor Nummer1 keiner mehr) macht er mir kleine Geschenke: Seife oder Lavendelsäckchen für den Schrank. Wir mögen beide die Farbe Dunkelblau, wir trinken beide Sojamilch im Kaffee. Im Grunde könnte ich gleich mit ihm zusammenziehen. Ich hab bisher noch mit niemandem zusammengewohnt. Aber ich will ihn nicht stressen, zumal er verheiratet ist und zwei Kinder hat. Schade auch, dass er tausend Kilometer weit weg wohnt. Deshalb ist das mit dem Zusammenziehen auch relativ weit oben auf meiner To-do-Liste. Man muss schon hinhören, wenn das Schicksal einem was zuruft, und dem Ruf am besten auch folgen, sonst darf man sich am Ende nicht wundern, wenn man allein in einer riesigen Wohnung in Berlin-Kreuzberg wohnt und jede Woche mit jemand anders Sex hat.

»Spinnst du?«, sagt Natalie. »Schicksal? Muss ich dich an das sogenannte Mammut erinnern, das am selben Tag wie du Geburtstag hat und die gleiche Gesichtsform?«

»Und die gleiche Schwanzlänge«, versuche ich einen Witz, aber Natalie ist nicht nach Scherzen zumute. Sie will mich offenbar retten, das sehe ich ihr an. Sie ist in echter Sorge, beinahe hätte sie ihren Kakao umgekippt.

»Und was ist mit Bernd, der aus demselben Kaff kam wie du und auch noch dieselben Initialen hatte?«

»Bernd das Brot. Ich sehe, worauf du hinauswillst.«

»Worauf will ich hinaus?«

»Es gibt kein Schicksal.«

»So weit würde ich gar nicht gehen. Dass ich vor zwei Jahren in dein Haus gezogen bin, das ist Schicksal. Danke deinem Schicksal, und danke mir. So oft, wie ich dir schon den Kopf geradegerückt hab, ich könnt glatt umsatteln auf Physiotherapie. Und jetzt muss ich

mich fertigmachen. Ich gehe nachher aus. Mit einem Nils. Oh, der gleiche Anfangsbuchstabe. Ob das Schicksal ist?«
»Danke Schicksal, danke Natalie*. Gregor habt ihr mir jetzt gründlich madig gemacht.«

Bin ich die Tapete?

Wir haben eine neue Praktikantin bei *Haustierhaltung heute*. Das findet der Freelance-Grafiker auch toll. Neben den Leserbriefen betreut sie nämlich neuerdings auch ihn. Gerade lagen er und ich noch ganz gemütlich ineinander verschlungen rum, da erzählte er (in meinem Bett!!!), dass sie ihm letzte Woche nicht besonders gekonnt, aber mit viel Begeisterung einen geblasen hat. Dass ich daraufhin mal kurz ausgerastet bin, konnte er gar nicht verstehen. »Aber du weißt doch auch von meiner Freundin, und ich weiß durchaus auch, dass ich nicht dein einziger Liebhaber bin.«
»Aber du kannst doch nicht, nachdem wir miteinander geschlafen haben, von einer anderen Frau schwärmen.«
»Wieso denn nicht? Hier geht's nur um Sex, nicht um Liebe, wenn ich dich daran erinnern darf.«
»Wenn es hier nur um Sex ginge, wärst du nicht anwesend, sondern ich hätte es mir selbst gemacht und wäre in fünf Minuten gekommen, statt eine halbe Stunde zu warten, bis du meine Klitoris gefunden hast.«
»Jetzt sei nicht zickig. Diese Frau ist doch gar keine Konkurrenz für dich. Die ist mindestens zwanzig Jahre jünger als du.«

---

* Ich hasse euch beide.

»Raus. Sofort.«

Nackt sitze ich im Bett, trinke Crémant und heule. Bin ich hier der Kasper? Darf mich jeder scheiße behandeln, und das Publikum lacht sich kaputt, wenn ich den Arsch voll kriege? Plötzlich kommen mir meine golden bemalten Lippen, Nippel und Schamlippen total lächerlich vor, aber beim Kaufen der Farbe hab ich mir keine Gedanken darüber gemacht, dass die wasserfest ist. Fürs Alleinsein glitzere ich eindeutig viel zu viel. Der hat sich benommen wie ein Schwein am Trog. Rumvögeln klingt ja eher leger, und trotzdem ist das eine fragile Sache, die mit viel Fingerspitzengefühl, Hingabe und dem einen oder anderen Präsentchen bewerkstelligt werden muss. So zu tun, als wäre es eine Selbstverständlichkeit, dass man von Zeit zu Zeit die Geschlechtsorgane von jemandem zur Verfügung gestellt bekommt, heißt, denjenigen zu missachten. Aber der Grafiker ist nicht der Erste. Das Mammut zum Beispiel liebte es, auf Partys um sich zu blicken und zu sagen: »Ich hab vier der anwesenden Frauen gevögelt. Mich würde interessieren, wie viele es bei den anderen sind.« Ich stand neben ihm, roch noch nach ihm und war kurz vorm Heulen. Ist das denn verkitscht, zu wollen, dass ich so berührend und sexy bin, dass man nicht SOFORT wieder an andere Frauen denken muss?

Ich trinke weiter Crémant. Wenigstens hab ich meine Tränen weggewischt, mir das Gesicht gewaschen und jetzt eine Gesichtsmaske mit Goldpartikeln aufgelegt (wenn schon Gold, dann aber richtig). Außerdem läuft Lambchop. Ich liebe Lambchop. Hin und wieder braucht eine Frau einen melancholischen Abend, und wenn der, wie dieser hier, die Frau klarer sehen lässt, umso besser. Mir fällt nämlich auf, dass Sex nicht der einzige Lebensbereich ist, wo mich die Leute ~~unangemessen~~ scheiße behandeln. Bin ich vielleicht wirklich zu nett? Als ich letztes Jahr umgezogen bin, sagte der Vermieter bei der Wohnungsabnahme, so eine unkomplizierte und kostengünstige Mieterin wie mich hätte er noch nie gehabt. Im Job mache ich den ganzen Kleinkram, und zwar ohne dass mich jemand darum gebeten hätte, und während ich am Inhaltsverzeichnis frickele, startet Chef schon mal ins Wochenende. Letzte Woche hab ich besagter Praktikantin die Leserbriefe von Facebook in Word kopiert und für das ganze Team Suppe gekocht.

Als ich mir die Maske abwasche und mein Gesicht begutachte (sieht genauso alt aus wie vorher, würde ich sagen), fällt mir noch so eine Geschichte ein, zu der mir nichts mehr einfällt: Irgendwann im Sommer kam Natalie und sagte:»Du, ich bin jetzt mit Henry zusammen. Warst du eigentlich in den verschossen?« Ich hab natürlich bloß mit den Schultern gezuckt, aber Tatsache war, dass Henry seit Langem mal wieder ein Mann war, mit dem ich mir was vorstellen konnte, und ich hab den wirklich sehr, sehr kuhäugig angestarrt, was Natalie durchaus sehen konnte. Er wollte leider nichts von mir, aber muss deshalb Natalie ihn sich nehmen? Ich würde so was nie machen. Wer von Natalie angeschwärmt wird, ist tabu.»Bin ich eigentlich die Tapete? Der Hintergrund, vor dem alle anderen richtig super aussehen können?«, frage ich die leere Flasche Crémant.»Jetzt wird es aber wirklich Zeit, dass ich mich mal in den Vordergrund spiele.« Aber das war es dann auch schon mit dem groß Rumtönen. Ich weiß nämlich nicht so genau, was ich falsch mache. Ich bin hilfsbereit und freundlich, unkompliziert und abwaschbar, wenn man mal von der goldenen Farbe an einigen Stellen meines Körpers absieht. Und diese Qualitäten werden offensichtlich nicht geschätzt. Heißt das jetzt, ich soll divenhafter, unberechenbarer, weniger hilfsbereit sein? Oder soll ich mir Leute suchen, die meine Qualitäten zu schätzen wissen? Keine Ahnung. Wen frage ich da? Na, Richard. Ich soll vorbeikommen, simst er zurück. Ich gehe duschen, ziehe mir Sachen an, die zu meinem Gold passen, nehme mir ein Taxi zu Richard, und dann werde ich königlich begattet (zwei Männer an einem Tag, das ist ganz schön verrucht, denke ich mir, dann denke ich erst mal nicht mehr), ehe er sich gerade hinsetzt, mir auch ein Kissen in den Rücken schiebt und sagt:»Erzähl mal, Goldkind, wo drückt der Schuh.«

Brauche ich Rat?

Richard zieht zwei Bücher für mich aus seinem Regal. *Dressed to kill* und *Die Kunst, den Mann fürs Leben zu finden.*
»Wozu hast du so was?«, frage ich.
»Denkst du, ich bin zum Sexgott geboren? Ich hab mir alles über euch Frauen mühsam angeeignet. Ich hab alles über den weiblichen Orgasmus, die weibliche Psyche gelesen, wie man euch fickt und wie man euch liebt. Da staunst du, was?«
»Aber ist das nicht total hirnrissig? Jeder Mensch ist doch anders«, sage ich.
»Bild dir bloß nichts ein. Jeder Psychoanalytiker wird dir bestätigen, dass es auf seiner Couch Sitzung für Sitzung um die drei gleichen Problemchen geht: Keiner sieht mich, keiner liebt mich, ich bin einsam. Natürlich gibt es Variationen. Oder der ganze Spaß ist mal ins Gegenteil verkehrt: Alle wollen was von mir, alle bedrängen mich, ich hab keinen Moment Ruhe. Sonst wär das Ganze ja langweilig. Aber wenn ich weiß, wie man eine Frau *grundsätzlich* leckt, kann ich mich ganz auf die jeweiligen reizenden kleinen Besonderheiten der Frau konzentrieren, der ich es gerade mache.«
»Ich bin beeindruckt«, sage ich. »Da kriege ich gleich wieder Lust.«
»Gönn einem rechtschaffenen Mann mal 'ne Pause. Wie war das noch mal mit dir und deinen Fortschritten in Lingammassage?«
»Äh, das ist komplex. Mindestens wie Fahrschule, das sind ja an die zwanzig Techniken, und ich bringe die immer durcheinander.«
»Soso, dann bist du für heute noch mal entschuldigt, aber vergiss nicht, ich hab was gut bei dir.«
»Wieso kriege ich eigentlich gerade die beiden Bücher? Da stehen ja viel mehr in deinem Regal. Alle für Frauen, meine Fresse.«

»Ich dachte schon, du fragst nie. In beiden geht es um schlechtes Selbstwertgefühl. Wenn du rumschleichst wie die dicke Klofrau vom Leipziger Hauptbahnhof*, wirst du auch so behandelt. Die Leute pinkeln auf die Brille und werfen dir einen Fünfziger aufs Tellerchen. Versteh mich nicht falsch, nichts gegen den Beruf der Klofrau, das ist nur eine Metapher**. Wenn du dich aber bewegst und lächelst, als wärst du gerade aus der Concorde gestiegen, wirst du bewundert, angebetet, man interessiert sich für dich. Das heißt übrigens nicht, dass du den Rest deines Lebens heucheln sollst. Im Gegenteil, man sagt ja, *fake it till you make it*, irgendwann bist du vielleicht so selbstbewusst und glaubst dir, dass du eine schöne, liebenswerte Frau bist, einfach weil du dich selbst wie eine behandelst.«

»Schade, ich hätte lieber von dir gehört, dass die anderen scheiße sind. Dass jetzt ich wieder an mir arbeiten muss, kotzt mich echt an. Ich arbeite mein Leben lang an mir. Als Einzige auf diesem Planeten, hab ich das Gefühl. Alle anderen finden sich einfach geil, wie sie sind, oder ignorieren ihre Probleme.« Ich nehme seufzend die Bücher.

»Ach, Quatsch, das wird ein großer Spaß. Was du lernst, ist, weniger an dir zu arbeiten und stattdessen ganz viel zu spielen und auszuprobieren. Du bist so ungeheuer sinnlich und weiblich, ich wette, du wirst es genießen, das mal in allen Facetten auszuleben.«

Als ich die Bücher in meine Tasche packen will, streicht er mir über den Hintern und küsst mich in den Nacken. Ich verharre, damit es ein bisschen länger dauert.

»Du hast nicht eventuell ein persönliches Interesse daran, dass ich meine Weiblichkeit auslebe?«

»Es wäre mir eine Freude, dir bei deinen Versuchen zu assistieren.«

Ich schlage das eine der beiden Bücher auf. »Drittes Kapitel. Diät als Inspiration«, lese ich vor. »Wollen wir damit anfangen? Dann hol schon mal für jeden ein Glas Wasser.«

Er nimmt mir das Buch aus der Hand und schlägt eine Seite viel weiter hinten auf und liest vor: »Drehen Sie den Po zum Spiegel«,

---

* Woher weiß er das jetzt wieder? Das hab ich nie jemandem erzählt außer Ihnen. (*Bin ich das Kind meiner Eltern?*)
** Das ist natürlich keine Metapher, aber ich werd den Teufel tun und hier rumklugscheißern.

er nickt in Richtung des Schlafzimmerspiegels, ich setze mich gehorsam in Bewegung. »Heben Sie die Arme über den Kopf, die Hände über der Frisur gekreuzt, schieben Sie eine Hüfte vor.« Ich brauch eine Weile, ehe sich das nicht mehr anfühlt wie Bauch, Beine, Po im Fitnessstudio, aber als ich sehe, wie gierig Richard mich beobachtet, wird es plötzlich ganz leicht. »Jetzt stecken Sie den Kopf zwischen Ihre Arme und schauen über die Schulter in den Spiegel«, liest er weiter und mustert mich wie eine Beute. »Und hier, Goldstück, geht's nur um Klamottenshoppen, du kannst dir also vorstellen, wie die Sexkapitel sind. Bleib noch einen Moment so stehen«, er liebkost meinen Hintern. Ich tue, wie mir geheißen, aber lange halte ich das nicht durch, dann falle ich aus der Rolle und über ihn her.

Kann ich eine Faust machen?

Meine Homöopathin seufzt. Und dann sagt sie, ich soll wieder Sepia nehmen. Ich sage okay und lege auf. Ich vermute, sie hat den Glauben an mich verloren. Und ich glaube gerade auch nicht an Homöopathie. Was eigentlich egal ist, weil mit Homöopathie auch Katzen gerettet werden können oder Wälder. Aber ich irgendwie nicht. Im Gegenteil: Man muss seinen Körper und seine Psyche auf das Genaueste beobachten und der Homöopathin die Details präzise beschreiben, damit sie das richtige Mittel finden kann. Und wenn man erst einmal anfängt, sein Leid quasi durchs Mikroskop zu betrachten, wirkt es – Überraschung! – gleich viel größer. So stehe ich am Nachmittag 17.17 Uhr am Fenster, der dicke Punk gegenüber zieht sich gerade eine neue orangefarbene Latzhose an, das macht er manchmal, und heule. Ich hab mir vorhin beim Niesen auf die

Zunge gebissen. Ich kann keine Faust machen, dabei bin ich innerlich sehr wütend. Meine Zunge ist so dick, dass sie kaum in meinen Mund passt, meine Haare sind stumpf, meine Füße tun weh, als wäre ich nicht bloß zum Späti an der Ecke gegangen, sondern hätte mein Croissant in Südfrankreich geholt, wo sie nun mal am besten sind. Aber ich schmecke auch nichts. Die spitzen Krümel von dem Croissant haben auf meiner Zunge wehgetan. Außerdem hätte ich unterwegs beinahe dem netten Kiezbehinderten eins auf die Fresse gehauen, weil er nicht Platz gemacht hat, als ich kam. Zum Glück war ich zu schwach, eine Faust zu machen, wie gesagt ...
Sepia hat mir schon manchmal geholfen. Das ist für düstere Menschen wie mich das richtige Mittel. Einziges Problem: Ich darf die Kügelchen nur vor dem Schlafengehen nehmen und dann erst wieder am nächsten Morgen. Und am nächsten Tag gegen Mittag wird mir der Fels von der Brust genommen, oder es gibt eine Erstverschlimmerung. Aber wie soll ich bis dahin überleben? Ich heule noch ein bisschen weiter, dann beschließe ich zu duschen, das wird in meinem Zustand sowieso ewig dauern, und mich ins Grubert zu setzen und die *Gala* und so zu lesen. Dabei werde ich eine tröstliche Suppe mit totem Lämmchen drin essen und viel Rotwein trinken. Ich darf nur nicht so viel trinken, dass ich im Suff vergesse, vor dem Einschlafen meine Kügelchen zu nehmen. Ist alles schon passiert, und ich musste das Elend einen weiteren Tag erleiden.
Gesagt, getan. Rotwein hilft. Allerdings steht in der *Gala*, dass Ryan Gosling Vater geworden ist, da muss ich gleich noch mal ein paar Tränen vergießen. Der Kellner, der mein Distanz-Nähe-Problem kennt, lässt mich sonst immer sehr in Ruhe und kassiert dafür ein fürstliches Trinkgeld. Aber heute bringt er ein Tempo. Ich bedanke mich und putze mir die Nase.»Ist von dem Typen da drüben«, sagt er und zeigt auf einen Lockenkopf, Typ Exsportler, der an der Bar sitzt und hergrinst.
»Alles klar, danke«, ich nicke dem Mann zu, dann blende ich ihn aus und vertiefe mich wieder in die *Gala*. Als ich das nächste Mal auf die Uhr schaue, ist es elf. Der Rotwein hat mich total entspannt, allerdings bin ich so erschöpft, dass ich mich frage, wie ich erstens nach Hause kommen und zweitens dort meine Sachen ausziehen, mir die Zähne putzen und ins Bett gehen soll. Ich bin eine sehr

müde Frau. Aber wozu hab ich denn die Bücher von Richard gelesen, wenn nicht für Notsituationen wie diese hier. Der Exsportler sitzt noch an der Bar. Jetzt schaut er her. Zum Glück bin ich vorhin nicht im Jogginganzug aufgebrochen, wie das eigentlich meine Absicht war. Ich hab die silberne Glitzerhose an und drüber das Schwarze mit dem großen Dekolleté, allerdings ohne BH. Den Verschluss hätte ich nicht mehr gepackt. Was irgendwie nicht ganz stimmen kann, weil ich mir eine Kette um den Hals gefriemelt und silbernen Lidschatten aufgelegt hab, aber egal. Jedenfalls erhebe ich mich ganz langsam und mit einer leichten Drehung, damit er dieses Superdekolleté sehen kann, setze ein Lächeln auf und stakse leicht schlingernd, wie in zu großen Pumps, zu ihm rüber.

»Darf ich?« Er nickt. Ich sehe, dass er damit heute nicht mehr gerechnet hätte. Ich bestelle uns jeweils einen Wodka. Dann sage ich, dass ich jemanden brauche, der mich ins Bett bringt.

»Mit allem Drum und Dran?«

»Mit allem Drum und Dran.« Ich mache den Augenaufschlag aus Richards Buch.

»Es wird mir ein Vergnügen sein.«

»Freu dich nicht zu früh.« Ich erkläre ihm das Problem, deutlich genug, damit er weiß, was er zu tun hat, aber nicht so deutlich, dass es unsexy wirkt.

Er bestellt sofort ein Taxi und macht auch weiterhin wirklich alles sehr schön. Es ist schon ein paar Jahrzehnte her, dass mir jemand die Zähne geputzt hat. Aber es ist lustig, der Schaum tropft mir auf die Brust, Abschminken hat er auch noch nie gemacht. »Pyjama?«, fragt er. Ich schüttele den Kopf.

»Ich will heute nackt schlafen.«

»Na Gott sei Dank. Bei dem Ding«, er zeigt auf meinen Herzchenpyjama an der Türklinke, »hätte ich auch keinen hochgekriegt.« Dann trägt er mich ins Bett und macht es mir wie auf Zehenspitzen, ohne groß Gewicht auf mich zu legen, aber wirklich von allen Seiten, sehr lange und sehr ausführlich. Ich hab das Gefühl, das hier ist viel heilsamer als das Scheißsepia von meiner Homöopathin. Aber ich lasse mir trotzdem vier Kügelchen auf die Zunge legen, bevor ich mich auf die Seite drehe und einschlafe. Als ich am nächsten Morgen aufwache, ist er schon wach und lächelt mich an. Ich lächle zurück. Er legt mir vier Kügelchen auf die Zunge und geht Kaffee kochen. Als ich den ersten Schluck nehme, breche ich in Tränen aus. Der hat Zucker in meinen Kaffee getan! Ich trinke meinen Kaffee aber ohne Zucker, die ganzen Kalorien, die in dem Schluck waren, den ich genommen habe, gehen jetzt sofort in meine Taille. Ich weine haltlos. Er steht vor dem Bett und guckt mitleidig auf mich runter. »Sieht nach Erstverschlimmerung aus«, sagt er. »Ruf mich an, falls du das überleben solltest. Ich hab dich wirklich gern betreut gestern Nacht. Aber das hier packe ich nicht.« Und weg ist er. Immerhin kann ich inzwischen wieder eine Faust machen und damit hinter ihm rumwedeln. Das wird schon.

Was hätte meine Mutter mir sagen müssen?

Mit meiner Mutter rede ich nicht mehr. Leute wie Natalie wissen, dass man das Unterhemd über der Feinstrumpfhose trägt, weil einem sonst das Kleid an dem glatten Stoff hochrutscht, meine Mutter hat diese wichtige Information weggelassen, als sie mich ins Leben geschickt hat. Das kann ja wohl nicht wahr sein.

Ich gebe meinen Neid auf meine Freundin Natalie nicht öffentlich zu, deshalb habe ich auf ihren Hinweis hin bloß mein Hemd rausgezogen, mein Kleid gerichtet und vorsichtig angefragt, was ihre Mutter ihr noch so an Ratschlägen mitgegeben hat. Wenn ich schon nicht von meiner Mutter profitieren konnte, wollte ich wenigstens von Natalie profitieren. »Na, das hier«, sie hechtete mit ihrer Haarsprayflasche auf mich zu, mit der sie sich gerade die langen blonden Haare zum Dutt frisiert hatte, hob mein Kleid hoch und sprühte darunter.

»Na super, hättest du ein bisschen länger gesprüht, wäre ich glatt gekommen«, sagte ich und wandte mich beleidigt wieder meinem Kajal zu, mit dem ich mir vergeblich Smokey Eyes machen wollte, es sah immer nur aus wie mit dem Stift abgerutscht.

»Nein, nein, das ist das beste Antistatikum, hilft bei synthetischen Stoffen gegen Aufladen, Knistern, Funkenschlagen. Wobei, du siehst nicht aus, als würdest du heute Funken schlagen.« Sie leckte ihren Zeigefinger an und strich mir Kajal von der rechten Wange.

»Wart's ab«, konterte ich. Wir wollten heute Abend ins Jack's, wo es die billigsten Drinks und die lustigsten Leute der Stadt gab, und die Chancen standen nicht schlecht, dass ich noch Sex kriegen würde. Woher ich das wusste? Nun, ich hatte mir die Beine und so rasiert. Unterwegs fragte ich noch mal nach. Wenn wir erst angekommen wären, würde Natalie von einer Traube Männer umringt sein, da war die Gelegenheit definitiv vorbei. Aber ihr fiel nichts mehr ein.

»Meine Mutter hat mir einfach immer wieder gesagt, wie toll und schön und klug ich bin, ich durfte ihren Nagellack benutzen und im Kindergarten ihre abgelegten Shirts als Kleider tragen. Ohne Parfüm bin ich schon mit vier nicht aus dem Haus gegangen. Meine Mutter hat mit den Augen gerollt, aber sie hat mich immer gelassen, zumal ich kein Modepüppchen war, sondern auch Fußball gespielt und Radieschen geerntet habe.«

Dann waren wir drin, und Natalie hatte Besseres zu tun, als mich um Fassung ringen zu sehen. Meine Mutter hat mir nie gesagt, wie toll und schön und klug ich bin. Das erklärt alles. Bis ich elf war, hab ich meiner Mutter alles geglaubt. Das hätte ich ihr also auch geglaubt. Und mein Leben wäre anders verlaufen. Ich bestelle einen Wodka, Richard kommt rein, bahnt sich durch die Menge seinen Weg bis zu mir und bestellt auch einen Wodka.

»Prost, Richard«, sage ich und küsse ihn zur Begrüßung auf beide Wangen.

»Prost. Du siehst ein wenig verzweifelt aus, wollen wir noch mal zu dir hoch und bis Mitternacht vögeln und dann einen zweiten Anlauf starten, mit einem anderen Grundgefühl?«

Richard weiß, was Frauen wünschen. Und zwar bevor die Frauen – und das ist wirklich der Knaller – es selbst wissen. Aber kaum hat er es ausgesprochen, klingt es unbedingt plausibel.

»Ich weiß nicht. Du wirst mir die Frisur ruinieren. Und dann muss ich noch mal duschen.«

»Ich werde jedenfalls mein Bestes tun, dass es so kommt«, sagt er und grinst sehr frech und gleichzeitig sehr freundlich. Ich kenne keinen Mann, der so überzeugend und gleichzeitig so wenig charmant ist wie Richard.

Nachdem er mit mir fertig ist, geht es mir tatsächlich besser. Ich lehne mich an ihn, wir trinken Kakao, er massiert mir den Kopf, und ich erzähle, dass mir meine nichtsnutzige Mutter keinerlei lebenspraktische Hinweise mit auf den Weg gegeben hat.

»So was wie: Bauchschläfer brauchen ein langes Kissen, das sie unter die Seite legen können, auf der das Gesicht ist? So was wie: Ein Tropfen Lavendel im Spülfach macht die Wäsche schön duftig?« Ich nicke. »Das kommt ja wie aus der Pistole geschossen. Deine Mutter hat dich also in die kleinen Geheimnisse des Lebens eingeweiht, und du musstest nicht alles von der Pike auf lernen?«

»Genau. Und Frauen können solche Hormonbündel sein, da muss man als Mann manchmal ein bisschen lauter werden, damit sie sich wieder einkriegen. Obwohl mir das nicht so liegt.«

»Und Männer ...«, fahre ich fort und küsse mich an ihm runter, »haben so Angst, jemand könnte sich an ihrem Hintern vergreifen, man muss sehr zartfühlend sein und sich gleichzeitig desinteressiert geben, damit sie irgendwann winseln, auch dort liebkost zu werden.«

»Niemals! Nur über meine Leiche!« Richard entwindet sich mir, legt mich unter sich und schaut mir in die Augen, als wollte er gleich was von Liebe sagen. Aber da grinst er schon wieder. »Und, wie schändet man so einen runden Weiberarsch? Ich glaube, das ist ganz altes Wissen, durch die Stammesältesten von Generation zu Generation am Feuer überliefert.«

Muss ich überleben?

Über das Älterwerden zu reden ist eigentlich unter meinem Niveau. Niemand ist gut unterhalten, wenn ich sage, dass sich meine Textur im letzten Jahr von kross zu wabernd geändert hat. In sanften Wellen bewegt sich meine Haut in Richtung Erde. Wenn dereinst alles dort angekommen sein wird, bin ich eine tote Frau. An dieser Stelle ausführlich zu werden ist ja schon deshalb ein Fehler, weil nichts besser ist für die Zellerneuerung als regelmäßiger leidenschaftlicher Sex. Und da Sie meine Zielgruppe sind*, möchte ich mich naturgemäß von meiner besten Seite präsentieren. Ich behaupte einfach, jung zu sein. In einer Stadt wie Berlin ist das kein Problem, da ist jede zwanzigjährige Jurastudentin älter als ich. Hier muss keiner erwachsen werden. Aber natürlich mache ich heimlich alles, was nötig ist, um mich zu konservieren. Ich ernähre mich vorwiegend von Karotten und Eigelb, lasse einmal im Monat mein Gesicht ganz abschälen und durch ein neues ersetzen, auch wenn mir die Knie wehtun, mache ich Body Attack und Body Combat und schlafe zehn Stunden pro Nacht. Außerdem der viele Sex zur Zellerneuerung und jede Menge Nahrungsergänzungsmittel – ich mache alles richtig. Melancholisch bin ich trotzdem: Mit den jetzt Siebenjährigen wächst eine Generation Männer heran, nach der Frauen sich alle zehn Finger ablecken werden. Die haben's einfach drauf, sind sicher in ihrer Männlichkeit, aber auch weich und versponnen. Während die letzten Generationen zwischen Macho und Weichei hin- und hergetaumelt sind und unterwegs unzählige Frauen versehentlich in den Dreck geschmissen haben, bewegen die sich mit schlafwandlerischer Sicherheit. Und

---

* Oder was dachten Sie, warum ich in diesem jugendlichen Verlag ein Buch mit Werbetexten für meine Person platziere?!

die sind, wie gesagt, erst sieben!« »Honighase«, sagt Joe zu mir und guckt mich aus dunkelbraunen Augen ernst an, als ich ihn beim Babysitten zudecke. »Wenn ich an der Schnur ziehe, musst du kommen, ich hab manchmal Angst im Dunkeln.«
»Klar, mache ich«, sage ich und will schon mit dem Ende der Schnur ins Wohnzimmer gehen, als er noch einmal ruft.
»Honighase?!«
»Ja?«
»Und ich will deine Raupe sein.«
Das ist das Schönste, was je ein Mann zu mir gesagt hat. Nur dass es in diesem Fall kein Mann war, sondern ein Kind. Stellen Sie sich bloß mal vor, was der erst sagen kann, wenn er erwachsen ist. Ich weiß nur nicht, wie ich mich so lange konservieren soll. Hoffentlich wird diesbezüglich bald was erfunden. Ich würde mich als Testperson zur Verfügung stellen.

Was mache ich zuerst?

Ich kann mich an meinen letzten Sex nicht erinnern. Das ist nicht okay. Und das wird auch nicht okay sein, wenn ich mal hundert bin, da müssen Sie gar nicht so gucken! Sie können das ja halten, wie Sie wollen, *ich* bin eine sexuell aktive Frau. Sex ist eindeutig ein Thema bei mir und muss rangeschafft und erlebt werden, sonst bin ich nicht ich selbst. Gut, ich war die Woche dreimal bei Body Attack, da denkt man jetzt nicht mehr ständig daran, sich die Kleider vom Leib zu reißen, unter anderem deshalb, weil man die Arme gar nicht mehr hochkriegt, meiner Libido tut das seltsamerweise keinen Abbruch. Vielleicht wär das eh die Lösung – Body Combat, Body Pump, Body

Attack – mich so auspowern, dass ich mich nur noch in den Seidenkissen räkeln kann, statt unbedingt Doppelaxel, dreifachen Rittberger und so auf dem Penis darbieten zu müssen. Vielleicht wär das die Lösung, aber um das zu verifizieren, müsste eine Testperson her. Anfang vierzig, witzig, Exsportler. Ich rufe den Freelance-Grafiker an, der ist Anfang dreißig, treudoof und Sportler. Außerdem ist er leider eingeschnappt, weil er sich nach unserem Desaster letztens missverstanden und schlecht behandelt fühlt. Ich sage, wie sehr ich ihn vermisse, aber er will mehr hören, er will offenbar, dass ich mich, das Handy in der Hand, im Staub wälze und seine dreckigen Füße ablecke. Zum Glück komm ich wegen der Lunges, die ich vorhin bei Pump gemacht hab, sowieso nicht mehr bis runter in den Staub und lege lieber auf. Richard geht nicht ran, aber als hätte er es im Urin, ruft Mammut an, er ist in der Nähe und kann in zwanzig Minuten da sein. Lange nicht gesehen, blabla, ob ich Lust habe.

Ich bin nicht in der Position, keine Lust zu haben. Das Angebot bestimmt die Nachfrage, nicht umgekehrt. Das ist jetzt Kapitalismus hier, da kann man mit klarkommen oder nicht. Freudig sage ich zu. Als ich aufgelegt hab, drehe ich mich einmal um meine Achse. Das mit dem Staub stimmt. Zentimeterdick. Ans letzte Mal Staubsaugen kann ich mich auch nicht erinnern, das hat mich nur weniger gestört als das mit dem Sex. In meiner Wohnung sieht's aus, als wäre eine Bombe eingeschlagen: Wollmäuse, Wäscheberge, dreckiges Bad. Ich gucke an mir runter. Heute noch nicht geduscht, Jogginganzug mit Vanillejoghurtflecken drauf. Außerdem ist kein Alkohol da. Das Mammut geht aber eigentlich nur mit Alkohol. Im Grunde müsste ich ihn zurückrufen und absagen. Würde jede machen in meiner Situation. Weil: aufräumen, duschen, Wein kaufen ist alles sehr dringend und in zwanzig Minuten nicht zu schaffen. Andererseits ist es ja bloß das Mammut. An dem könnte ich heute zum ersten Mal in meinem Leben ausprobieren, was passiert, wenn ich nicht perfekt bin.

Aber nicht perfekt muss ja nicht gleich vollständig verwahrlost sein. Eine Sache schaffe ich. Bloß welche? Ich stelle mich kerzengerade hin und entscheide mich einfach. Eigentlich war klar, wofür ich mich entscheiden werde, ich war ein Streber, ich bin ein Streber, ich werde ein Streber sein. Aber es kommt anders: Irgendwas muss in den letzten Monaten passiert sein, ich entscheide mich nicht etwa für Aufräumen*, ich entscheide mich noch nicht mal für Duschen oder später mit dem Mammut Duschen – das Mammut ist ziemlich massig, und ich hasse es, wenn dieses viele Fleisch mich gegen die durchsichtige Duschwand presst, was von außen sicher lustig aussieht, aber ich kann das nicht sehen, weil ich ja leider drin bin. Ich entscheide mich, Wein holen zu gehen. Immerhin rase ich noch ins Schlafzimmer, krame meinen Tigertanga aus der Schublade, tausche ihn gegen den rosa Baumwollschlüpfer, den ich trage, ziehe das bekleckerte Oberteil aus und ein silbernes Trägerhemdchen an, dann ab zum Späti. Als ich zurückkomme, schaffe ich es gerade so, ein Glas kroatischen Merlot zu kippen oder was das ist, dann klingelt es schon, und das Mammut steht leider bereits oben vor der Tür, weil ich die Haustür in der Hast nicht zugeklinkt hab. Ich sehe ihm die Verunsicherung an. Wenn er sonst kam, waren überall Kerzen und Blumensträuße drapiert, Neoklassik lief, die Wohnung duftete nach feinstem japanischem Räucherwerk, und ich war Geisha-mäßig aufgedonnert. Dachte der, ich renne immer so durch die Bude, für den Fall, dass er vorbeikommen und mir seinen Mikropenis vor die Nase halten will? Sieht so aus, der mustert mich verunsichert. Heute kann ich ihm nicht schon im Flur den Reißverschluss mit den Zähnen aufmachen. Heute muss ich mich um den Alkoholpegel kümmern, zum Glück hab ich den ganzen Tag nichts gegessen, der Wein wirkt. »Willst du auch ein Glas kroatischen Merlot? Oder hast du 'ne Flasche dabei? Nein? Blöde Frage, du hast ja selten was dabei, hehe. Macht nichts.« Ich gebe ihm ein Glas, er schiebt mit dem Fuß eine Wollmaus zur Seite und beäugt meinen verschmierten Kajal beziehungsweise was von der gestrigen Schminksession noch übrig ist. Ich schalte das Radio an, irgendwelche Indie-Musik. Das passt. Tanzend entledige ich mich des Hemdchens und der Hose, rieche meinen Körper, hab das Gefühl, mich lange nicht mehr gerochen zu haben, schwelge in der Musik, in meinem Geruch, dem kroatischen Wein. Das Mammut hat offensichtlich Probleme hinterherzukommen. Tanzen kann er also auch nicht, selbst angesichts meiner nackten Brüste

---

* An dieser Stelle ist wieder mal ein herzlicher Gruß an meinen Ex-Analytiker fällig.

nicht, selbst angesichts meiner Hüften und meines Tigertangas nicht, okay, die Socken muss ich vielleicht mal abstreifen. Aber es hilft nichts. »Du bist so anders heute«, sagt er. »Und wie es hier aussieht. Geht's dir gut?«
»Ach, das ist nur meine innere Schlampe, die heute mal Ausgang hat. Was ist mit deinem inneren Johnny Depp? Darf der rauskommen zum Spielen?« Ich ziehe ihn mit mir ins Schlafzimmer, in mein ungemachtes Bett. Und wie ich da so liege und Mammut sich linkisch an meinem rechten Beckenknochen reibt und mir ins Ohr atmet, fällt's mir wieder ein. Der letzte Sex. Das war vorgestern. Mit ihm. Bei manchen Dingen tut man gut daran, sie sofort und gründlich zu vergessen.

Will ich gemeint sein?

Scheiße, bin ich müde. Man bekommt Sex ja nie pur, sondern immer mit einem Mann und dessen ganzem Schlamassel dran. Und irgendwie kriege ich es trotz Richards Büchern immer noch nicht hin, angemessen angebetet zu werden, sondern ich höre mir Mutter-Teresa-mäßig die ganzen Geschichten stundenlang an, Trennung, Missachtung, und dass das Kind gegen den Vater ausgespielt wird und dass er seit zwei Jahren keinen Sex mit der Gattin hatte. Und nach so einem Abend ist der betreffende Mann dann total entspannt und sinnlich, aber ich habe auf Sex keinerlei Lust mehr. Vielleicht schmeiß ich den Sex hin, sollen sich andere die Platze an den Hals ärgern, wie meine Oma das formulieren würde.

Richard ist ganz Mitgefühl, als ich ihm am Telefon mein neuestes Leid klage. Zufällig hat er Zeit, und wir treffen uns im Jack's, und über meinem Gin Tonic erzähle ich mal drauflos, dass ich Männer schwierig finde: wehleidig, geschwätzig, unaufmerksam, zu sehr aufs Kommen fixiert, zu wenig engagiert. Dass der Freelance-Grafiker immer exakt fünfundzwanzig Minuten Sex gemacht hat, fällt mir ein, keine Ahnung, wie der das hingekriegt hat. Richard kichert. »Das nennt man Inselbegabung. Irgendwas kann jeder.« Ich hole neue Drinks und fahre fort, dass ich in diesen fünfundzwanzig Minuten nicht ein einziges Mal geschafft habe zu kommen. »Und wer ist daran nun schuld?«, frage ich niemand Bestimmten. »Ich weiß ja, mein Orgasmus ist in erster Linie meine Verantwortung, das kann ich keinem Typen anhängen. Aber so ein bisschen die Atmosphäre schaffen, dass es einer Frau möglich ist zu kommen, könnten die Männer doch schon, oder was?!« Richard beugt sich vor. Er ist jetzt ganz bei der Sache. »Mir hat letztens eine Braut mit ihrem Stiletto meine Lieblingsplatte geschrottet«, sagt er. »Die war 300 Dollar wert. Eine Welt, in der so etwas möglich ist, kann von Gott nicht intendiert gewesen sein. Und was die Atmosphäre angeht: Ihr Weiber ödet mich an. Ich hab übrigens meine Freundin verlassen.« Ich zucke zusammen, aber er wütet schon weiter: »Immer wollt ihr alles zerreden, aber wenn wir dann reden, ist es auch nicht recht. Der ganze Ärger für öden Sex. Man kann nie lediglich eine Frau ficken, nein, man muss quasi den ganzen Raum ficken, damit die Frau sich sicher und *gemeint* fühlt.« Er fuchtelt mit den Händen und sieht richtig sauer aus. »Hast du schon mal versucht, einen ganzen Raum zu ficken? Ich nehme nur noch Frauen mit kleinen Wohnungen, falls du dich fragen solltest, warum wir es nicht so oft machen. Ich packe das nicht. Rein physisch nicht. Ihr könnt mich mal.« Das war eigentlich nicht, was ich mir vorgestellt hatte, eigentlich hatte ich ihm von *meinem* Problem erzählen wollen. Dass er seinerseits von uns Frauen genervt sein könnte, hatte ich gar nicht auf dem Schirm gehabt. »Und was heißt das überhaupt, *gemeint* sein?«, jetzt schreit er fast, ich rutsche mit meinem Hocker ein Stück von ihm weg. »Ich hab meinen Schwanz in der Frau stecken und nicht in einer anderen, mehr *meinen* geht doch im Grunde nicht? Soll ich unterschreiben, dass ich nie wieder eine andere so begehren werde wie dich, ist es das, was ihr Weiber wollt? Das könnt ihr aber vergessen.« Oha, vielleicht war meine Annahme, wir Frauen wären zartfühlend und

Männer eher grob gestrickt, doch irrig. Ich biete an, neue Drinks zu holen, ich wäre nämlich dankbar, wenn Richard sich ein bisschen beruhigen könnte. Im Bett war er nie so sehr Tier wie jetzt, fällt mir auf. Wäre er's mal gewesen, aber nein, immer nach dem Motto: *She comes first*, und bloß immer höflich. Das war wohl ein bisschen gelogen, scheint mir. Leider bringt die Bedienung die neuen Gin Tonics, ich kann also nicht weg, ohne grob zu sein. Okay, dann ist es eben so.

Ich hab Männer nie gefragt, wie sie das eigentlich sehen mit Sex und Liebe, was wirklich fies ist, weil sie ja die Hälfte von meinem Sex und meiner Liebe ausmachen. Wie konnte ich meine Interessen über ihre stellen? Plötzlich tut mir das furchtbar leid. Ich lege eine Hand auf Richards Bein, er fegt sie weg, nimmt sein Glas, nimmt einen gewaltigen Schluck und sagt prustend und hustend: »Und weißt du, was mich auch ankotzt: Diese Intimitätsscheiße! Ich will nicht wissen, wann du wie menstruierst – und ich will dir auch nicht erzählen, dass ich mal im Flughafenbus in die Hosen gemacht hab, weil wir im Stau standen. Oder was ist es eigentlich, was ihr wollt, wenn ihr mehr Intimität einfordert? Wisst ihr das selbst? Manchmal denke ich, ihr Weiber findet euch so geil, ihr wollt am liebsten mit euch selbst Liebe machen. Aber ist das nicht ein bisschen kurz gedacht? Nach einer Woche würdet ihr in einer klebrigen Soße aus Zuneigung und Verständnis ersaufen. Ihr braucht uns! Und zwar genau so, wie wir sind! Und ich verlange Wertschätzung dafür, wie ich bin. Ich bin kein Mängelexemplar. Ich bin ein Mann. Und als solcher bin ich anders als du. Überraschung!!!« Er steht auf, reißt dabei fast das Tischchen mit den Drinks um. »Ich geh pissen.« Dann beugt er sich zu mir runter: »Entschuldigung, ist mir so rausgerutscht. Ich geh mich kurz frisch machen.« Dann rauscht er ab.

Als er wiederkommt, hat er sich weitgehend beruhigt. »Sorry, ging nicht gegen dich. Das macht die Trennung. Und ich hab einfach das Gefühl, von allen Seiten missachtet und unterschätzt zu werden, du hast es jetzt leider abgekriegt.«

»Ich glaube, die Standpauke hat mir ganz gutgetan. Witzigerweise hat sie nicht denselben Effekt wie das Gejammer, das ich mir sonst immer anhören muss. Du wirkst ungeheuer lebendig und leidenschaftlich. Sexy geradezu.«

»Kann ich mit hochkommen und noch mal versuchen, ob ich deinen Tanzsaal von einem Schlafzimmer befriedigt kriege? Das nagt echt an mir.«
»Ach was, es reicht, wenn du es mir machst. Das Schlafzimmer hatte in seinem Leben schon genug Sex. Und hinterher mache ich es dir, exakt nach deinen Anweisungen, wie klingt das?« »Egal wie die Anweisungen lauten?« Mist, ich weiß, worauf Richard steht, hab das aber bislang erfolgreich ignoriert, das könnte ein bisschen gruselig werden, aber auch aufregend.
»Egal wie die Anweisungen lauten.« Er küsst mich wie ein Kerl, der die Frau küsst, die er ~~meint~~ begehrt.

Bin ich grobmotorisch?

Was Sex angeht, hab ich mein Leben gelebt. Ich kann jetzt echt die Füße hochlegen, Eier im Glas essen und mir Serien reinziehen. Oder ich kann was studieren, Kochkurse machen oder lernen, wie man ein Auto repariert. Aber will ich das? Eigentlich will ich lieber mein Auto verkaufen und noch ein bisschen Sex kriegen. Gleich von dem Autohändler. Andererseits weiß ich so genau, wie das wäre mit mir und dem Autohändler, ich gähne schon, wenn ich nur daran denke, und ich würde mich wahrscheinlich sehr zusammenreißen müssen, um währenddessen nicht zu gähnen. Meine Sexfantasien sind alle erfüllt beziehungsweise übererfüllt. Gibt es da wirklich nichts mehr, was ich noch nicht gemacht hab? Bin ich durch mit Sex? Das ist sehr, sehr schade. Zumal nichts in meinem Leben so lustig war wie Sex. Und während ich so den Sündenpfuhl in meinem Schlafzimmer mit rosa geblümter Bettwäsche (sieht ja keiner mehr) beziehe, durchforste ich mein Hirn nach einem Vorwand, es noch mal tun zu dürfen. Nichts. Ich entstaube die Hausbar, miste meine Klamotten aus. Nichts. Ich schrubbe den Mülleimer und putze das Bad. Nichts. Um fünf ruft Richard an, wo ich denn bleibe, wir wollten doch zusammen Kaffee trinken und Kuchen essen wie ein altes Ehepaar. Mist, das hatte ich vergessen. Andererseits will Richard nach dem Kuchen immer Sex, und wo ich jetzt keinen Sex mehr mache, muss ich mir auch nicht unnötig Kalorien reinziehen, die dann nicht weggevögelt werden. Vielleicht ist das ja der Trick? Heureka! Sex statt Sport! Alte Frauen wie ich brauchen regelmäßig Sport. Aber ich hasse Sport. Ich liebe jedoch Sex. »Bin gleich da!«, rufe ich ins Telefon und mache mich auf den Weg zu Richard. Der ist netterweise schon nackt, als ich reinkomme, sagt, er hat die Tagesordnung geändert, Kuchen gibt's hinterher. Mir ist das recht. Unterwegs hab ich mir ein Bauch-Beine-Po-Programm überlegt. Ich muss oben sein, das ist schon mal klar, und wenn ich die Füße aufstelle, während ich mir seinen Schwanz einverleibe, statt mich bloß über Richard zu knien, ist das ein wunderbares Beintraining. Schon nach kürzester Zeit tut es mörderisch weh, aber ich halte durch. Krafttraining wird im Kopf entschieden. Nach einer Weile merke ich, dass Richard sich nicht bewegt, sondern böse zu mir hochguckt. »Was machst du da?«, fragt er.

»Sex«, antworte ich.

»Meinst du, ich könnte mitmachen, wo mein Penis nun schon mal in deiner Vagina steckt, oder willst du lieber allein?« Oh, er hat was gemerkt. Und weil meine Oberschenkel sowieso schon so sehr brennen, dass gar nichts mehr geht, breche ich das Training ab, wische mir mit dem Handtuch, das ich dabeihab, den Schweiß von der Stirn und nehme einen Schluck von dem Eiweißshake, den ich neben dem Bett abgestellt habe. »Du hast dich verändert«, sagt Richard, »und ich meine nicht nur diese Schweißbänder an deiner Stirn und deinen Handgelenken, du bist gar nicht sexy heute.«

Ich falle in mich zusammen. »Ich bin alt«, jammere ich. »Ich hab alles schon gemacht, jetzt sind die jungen Leute dran mit Sex, ich bin raus.« Es fehlt nicht viel, und ich weine.

»Quatsch nicht«, Richard (kann der Judo???) hat mich auf den Rücken geworfen und hält mich im Schwitzkasten. Ich strampele

vergeblich mit den Beinen. Mein Schweißband ist verrutscht und hängt mir über den Augen. Aber Richard denkt gar nicht daran, es mir zu richten. Er zieht die Schublade mit dem Sexualwerkzeug auf, ich höre Handschellen klappern.
»Kenne ich schon. Haben wir alles schon gemacht«, jammere ich. »Komm, lass uns Kuchen essen.«
Aber Richard lässt nicht locker. »Weißt du, Baby«, sagt er mir ins Ohr, »du bist ja süß, aber du bist auch etwas grobmotorisch, mit dir ist es immer, als würde man einen Kerl ficken.« Ich strampele mich frei und hocke mich kampfbereit vor ihn.
»Spinnst du? Wie meinst du denn das?«
»Na ja, viel Quantität, wenig Qualität. Außer einer Fotze solltest du eigentlich auch ein Herz haben. Merke ich nur nix von. Sex mit Herz. Klingt zwar nach Tierschutzbund, ist aber das neue große Ding. Ich schätze, daran hast du die nächsten paar Jahre zu üben, wenn du dich dazu entschließen kannst. Hinlegen! Alles noch mal von vorn! Aber jetzt mit Herz.«
»Klingt wie: Sechs, setzen.«
»Ja, irgendwie schon. Und jetzt fangen wir noch mal ganz von vorn an. Bist du bereit?« Ich will protestieren, dass er es doch war, der mir beigebracht hat, Sex ohne Augenkontakt zu machen und nicht von Liebe zu faseln, sondern zu sagen: Du machst mich heiß, Baby. Aber er legt federleicht seine Lippen auf meinen Mund, dann streicht er mir das Haar aus der Stirn und fickt mich, meinen Blick in seinem haltend, in einem sanften Rhythmus ... Wellen, die an die Planken klatschen. Ich fühle den Wind an meiner Schläfe. Es ist wunderbar. »Ich liebe dich nämlich«, sagt Richard noch, und mir ist gar nicht nach Gähnen.

Wer bringt das Kondom in den Mülleimer?

So stolz sie auf ihre Schwänze sind, so furchterregend scheinen Männer ihr Sperma zu finden. Die sollen froh sein, so was Lustiges machen zu können, das in der Gegend rumspotzt und Babys herstellt, sobald man mal nicht hinguckt. Mösenschleim ist da viel unspektakulärer und heißt, glaube ich, auch nur bei mir Mösenschleim. Das Zeug hat noch nicht mal offiziell einen Namen! Dabei ist es auch toll und will gewürdigt sein. Immerhin verwandelt es mich in eine Rutschbahn, auf der sich ganze Firmenweihnachtsfeiern amüsieren könnten, wenn ich das erlauben würde. Erlaube ich aber nicht. Schlittern verboten!

Aber zurück zum Sperma: Es ist wie beim Popel-Contest aufm Schulhof: Das Allerverruchteste, was Männer sich vorstellen können, ist, eine Frau aufzufordern, sie soll das Sperma schlucken. Dabei hab ich – ich sag mal: haben wir – nichts gegen Sperma. Okay, im Auge brennt's*, und wenn es einem die Wange runterläuft, fragt man sich, ob das der Attraktivität zuträglich ist. Aber ansonsten ... her mit eurem Sperma! Wir reiben es uns auf unsere schönen Brüste, lecken es euch vom Bauch und vom Gemächt. Jungs, aus Liebe zu euch machen wir alles. Meistens kommt es jedoch gar nicht so weit. Aus Angst, man könnte ihm Baby Nummer zwei anhängen, bringt Richard seine eigenen Kondome mit, die er nach dem Einspritzen akribisch zuknotet und persönlich zum Mülleimer trägt. Das ist natürlich ein Sonderfall, wobei ich ihn sogar verstehen kann und nie etwas zu seinem Gebaren sagen würde. Aber seltsam benehmen sich im Grunde alle Männer. Gut zumindest, dass man mit denen über vierzig nicht diskutieren muss, Kondom oder nicht Kondom.

---

* Sperma im Auge: Mit fließendem Wasser von innen nach außen ausspülen.

Denen steckt, außer sie leben aufm Dorf, das Sterben ihrer Freunde an Aids noch in den Knochen. Mit Jungs unter dreißig muss man schon wieder diskutieren, aber die haben in meinem Bett eh nichts zu suchen. Jedenfalls knoten neunzig Prozent aller Männer das gefüllte Kondom zu und werfen es aus dem Bett, als wollten sie ihr Sperma keinesfalls länger als nötig in Sichtweite haben. Das hat schon formschöne Flecke an meiner grauen Wand gegeben, wenn das Kondom doch nicht so fest zugeknotet war wie gedacht. Wenn sie dann gehen, lassen sie das Kondom in der Regel liegen. Und ich finde das richtig. Schließlich sind wir in meiner Wohnung, da müssen sie jetzt nicht groß nach dem Mülleimer suchen. Das wird also die gültige Regel sein: Der, in dessen Wohnung der Sex stattfindet, bringt nach dem Sex das Kondom weg. Verstanden?!

Sind Frauen DAS BÖSE?

Als ich letztens in Richards Wohnung übernachtet habe (aber nicht gekommen bin, was jetzt nicht so schlimm ist, aber doch irgendwie blöd), musste ich am Morgen menstruieren. Und einerseits war ich froh, ganz hinten in seinem Spiegelschrank eine Schachtel Tampons zu finden, andererseits war ich entrüstet. Ich gehe auch nicht in Bars, in denen auf dem Damenklo Slipeinlagen und Tampons bereitstehen. Ich finde das indezent. Die sind wahrscheinlich von einem Mann da deponiert, der sich nicht so auskennt und denkt, Frauen können jeden Moment losbluten und die ganze Deko versauen, wenn man ihnen nichts hinstellt, so wie Eichhörnchen verhungern, wenn man nicht ein Tellerchen Nüsse anbietet. Ist beides Quatsch. Oder eine Frau stellt das da hin, so eine, die total stolz ist auf ihr

Menstruieren und das mit allen Frauen zusammen feiern will. Fehlt bloß noch, dass sie die gebrauchten Tampons aus dem Mülleimer zieht und irgendein heidnisches Ritual damit feiert. Nee, Tampons sind Privatsache. Ich finde es meistens großartig, eine Frau zu sein, und der Zyklus macht mich ganz sprachlos, kriege ich doch Monat für Monat aufs Neue präsentiert, dass ich eher ein namenloser Teil der Natur bin als die superstrenge Korrektorin von *Haustierhaltung heute*. Sollen die Männer ruhig denken, sie hätten die Sache im Griff. Wir Frauen wissen es besser.

So auch die Ex von Richard.

Ich ziehe mir meine altrosa Spitzenwäsche an, die Richard so liebt, die ihn aber neurdings nicht mehr veranlasst, es mir ordentlich zu besorgen, und unternehme einen Streifzug durch die Wohnung. Ich kenne Frauen, Frauen sind DAS BÖSE, Exfrauen zumal. Darüber muss man mit Männern gar nicht reden, die verstehen das nicht, sondern vermuten nur wieder die vielzitierte Stutenbissigkeit beziehungsweise bezichtigen einen der Eifersucht. Gleich im Bücherregal werde ich fündig. Im Fremdwörterbuch und in Richards Lieblingsbuch *Sandman Slim*, von dem er schon mehrmals gesagt hat, ich soll es lesen, finde ich jeweils ein einzelnes schwarzes Haar, fast einen Meter lang, zwischen den Sofakissen einen Ohrring mit einem blutroten Stein, im Arbeitszimmer eine Kiste mit Liebesbriefen, die so dermaßen nach Miss Dior riecht, dass ich fast brechen muss, und im Schuhschrank ganz hinten rechts ein Paar reizende Stiefeletten, Größe 37. Wenn ich innerhalb von fünf Minuten so viele Dinge finde, kann ich davon ausgehen, dass die ganze Wohnung verseucht ist.

Eine Woche später kommt meine Gelegenheit. Richard muss zu einem Termin, sagt, ich soll ruhig in seiner Wohnung bleiben, Musik hören oder so. Meine Freundin Natale ist gebrieft, innerhalb von fünf Minuten ist sie da. Sie trägt ihren gelben *Kill-Bill*-Anzug, was ich nur mäßig lustig finde, aber Natalie muss ja aus allem eine Show machen. Immerhin hat sie sofort die Tragweite des Problems erkannt, als ich sie angerufen hab, und hat sich bereit erklärt zu helfen. Wir durchkämmen die Wohnung. Ich weitgehend mit geschlossenen Augen. Ich muss nur meine Hände ans Bücherregal halten und finde ein Foto, zwei Stücke Fingernagel, ein Taschentuch mit Lippenabdruck. Natalie holt einen Spitzenslip aus der Dreckwäsche und einen Teddy aus der hintersten Ecke vom Besenschrank, mehrere CDs mit Herzchen und »ewige Liebe, R & A«. Ehj! Die sind seit einem Monat getrennt! Als wir alles haben, packen wir es in einen Müllsack, den wir vor die Tür stellen. Dann nehmen wir drei von den extrafiesen indischen Räucherstäbchen und räuchern damit die ganze Wohnung aus. Wir machen laut Falco an, hat Natalie mitgebracht, die Gute, und ich tupfe in jede Ecke der Wohnung ein bisschen von meinem Schweiß, hab extra nicht geduscht heute Morgen. Als Falco fertig ist mit *Junge Römer*, sind wir auch fertig. Natalie lässt sich auf einen Stuhl sinken und japst: »Kaffee ... Diese Wohnung war das reinste Massengrab. Dass der Typ hier einen hochkriegt, ist wirklich erstaunlich.«

»Na ja«, sage ich, »er kriegt ihn zwar hoch, aber Salto Mortale ist dann nicht mehr drin.«

»Das wird jetzt anders.« Sie klopft mir auf die Schulter, trinkt ihren Kaffee aus und geht. »Ich nehme noch den Müll mit.«

Richard kriegt nichts mit, nicht mal den Gestank von den Räucherstäbchen. Er sagt nur: »Ich hab deine Freundin Natalie getroffen, die hatte was Gelbes an. Sah aus wie 'ne Hummel.«

»Wie *Kill Bill*«, sage ich und ziehe Richard aufs Bett. Endlich kann's losgehen mit dem heißen Sex. Wir küssen uns, dann nestelt er wieder so werkunterrichtsmäßig an meiner Wäsche. Das darf doch jetzt echt nicht wahr sein. Wenn er früher nicht atemberaubend gut gewesen wäre, würde ich denken, der passt nicht zu mir. »Mo-ment«, sage ich und schiebe ihn von mir runter, »holst du uns ein Gläschen Schampus aus der Küche, Liebling?« Als er draußen ist, springe ich auf und reiße Bettzeug und Matratzen aus dem Bett – und tatsächlich: Auf dem Lattenrost liegen parallel nebeneinander drei hauchzarte schwarze Seidenstrümpfe (so was besitze ich gar nicht). Ich raffe sie zusammen, rase zum Fenster, schmeiße sie raus, wuchte Matratzen und Bettzeug wieder ins Bett, und gerade als ich das Laken glattstreiche, kommt Richard mit dem Schampus rein, und ich sehe sofort, dass es diesmal klappen wird.

Hab ich das Gegengift?

Ich hab, das sollte man gar nicht erwarten, eine durchaus übertrieben zu nennende Schwäche für Regeln und Ordnung. Es kann Ihnen passieren, dass ich Sie stoppe, wenn Sie bei Rot über die Ampel gehen, oder dass ich an die Scheibe klopfe, wenn Sie bei laufendem Motor rumstehen. Ich bin IMMER pünktlich und zuverlässig und erwarte das auch von unseren minderjährigen Mitbürgern. Manchmal kotze ich mich selbst an, mit meinem präzisen Seitenscheitel und der einen Tag zu früh abgegebenen Steuererklärung. Dieser etwas unappetitliche Makel liegt in meiner Herkunft begründet. Ich entstamme einer Dynastie von Sexgöttern, deren einziger Lebenszweck im wollüstigen Reiben und Verhaken diverser Körperteile besteht. Mit so profanen Dingen wie der Ernährung, Bekleidung oder Schulbildung des Nachwuchses gab man sich nicht ab. Man war sinnlich. Für mich war das nicht so schön. Einmal wurde ich vor der gesamten Schule zusammengeschissen, weil ich ein Gedicht vortragen sollte – an meinem vergilbten Pullover fehlten allerdings zwei Knöpfe. So etwas vergisst man nicht. Akribisch prüfe ich seither meine Kleidung auf Mängel, penibel halte ich die Lebensfäden zusammen. Ich bin so ordentlich, dass ich mich selber langweile. Leute, die weniger genau sind, fühlen sich mir oft überlegen, weil mir das für eine geglückte Biografie nötige Laissez-faire zu fehlen scheint. Die Leute wissen allerdings eben nicht, dass ich zur Sexgöttin geboren bin. Ich hab den Sex im Blut, den Rausch, das Vergessen – UND ich hab das Gegengift, Kontrolle und Disziplin. Wie geil ist das denn? Ich muss nur noch lernen, das ordentlich auszutarieren. Im Moment gebe ich eher das Aschenputtel als die Sexgöttin, keine Frage. Aber das ist auch schwer: Man macht sich verletzlich, hab ich den Eindruck, wenn man die

Zügel schießen lässt. Zum Beispiel sehe ich ungern aus, wie ich nach dem Sex nun mal aussehe: zerkratzt, zerzaust und kindlich. Ich bin lieber auch optisch auf der Höhe meiner Möglichkeiten. Noch schlimmer ist allerdings, wenn das Sexgöttinnen-Erbe in der Öffentlichkeit sein Recht geltend macht. Das mit dem Gegengift ist nämlich eigentlich eine Illusion: Ich hätte gern die Kontrolle, aber das kann ich grad vergessen. Ich mach's im Jack's auf dem Klo, ich lasse mich an eine Glaswand pressen, hinter der meine Kollegen gerade einer Powerpoint-Präsentation über die Marketingstrategien fürs nächste Jahr beiwohnen wollen, nicht dem Sex ihres Mauerblümchens von Korrektorin, ich mach's im Hotelzimmer und lasse mich dann an der Rezeption beschimpfen: »Einzelzimmer heißt Einzelzimmer.« Ich mach's im Bus von Berlin nach Dresden auf dem Klo, Beifall, als der junge Mann und ich wieder rauskommen. Kurz: Wenn es mich überkommt, und das passiert öfter, als mir lieb ist, muss sofort die Kontrolle verloren werden. Und dann brauche ich wieder Wochen, um zusammenzuraffen, was von mir und der Kontrolle übrig ist. Das ist nicht angenehm, das kann ich Ihnen sagen. Da kann man schon mal ins andere Extrem geraten, gar keinen Sex mehr zu sich nehmen und einem Teenager eine Kopfnuss geben, weil er sein Snickerspapier auf den Bürgersteig geschmissen hat. Ich muss diesbezüglich einfach großzügig mit mir sein. Andererseits: Lieber Göttin als Normalsterbliche – wenn nur der ganze Stress um den Sex nicht wäre. Und wenn man mir die Göttin verdammt noch mal auch ansehen würde!

Kann er Gedanken lesen?

Ich sitze Richard gegenüber am Küchentisch, und wir spielen *Wahrheit oder Pflicht*. Das verspricht, ein aufregender Abend zu werden, ich möchte ihn nämlich dazu bringen, mir sein allerletztes sexuelles Tabu auf dem Silbertablett zu opfern. Mal sehen, wie weit ich komme. Aber während ich mich bei *Pflicht* für ihn zu Lambchop ausziehe, wofür ich unterwäschemäßig bestens präpariert bin, überlege ich, ob mich an Richard genug Dinge reizen, damit es ausnahmsweise mal länger hält, oder ist der für mich in einem Monat gestorben, und ich kann mich nicht erinnern, warum ich je was von ihm gewollt haben könnte? Er ist witzig, er ist klug, er verdient eigenes Geld, er macht mir ständig kleine Geschenke, er überrascht mich mit so lustigen Ideen wie jetzt dem Spiel, aber reicht das denn? Müsste uns nicht mehr verbinden?

»Hej, das ist langweilig«, meckert er da los, »du bist nicht bei der Sache, ich will, dass du dich für mich auszieht, ohne über unsere gemeinsame Zukunft nachzudenken, das ist nämlich total unsexy.«

Ich zucke zusammen. Woher weiß der, woran ich gerade gedacht habe? Und außerdem kann ich die Gedanken nicht so einfach beiseiteschieben. Sex kriegt man schließlich in jeder Bar, aber eine gemeinsame Zukunft, die Spaß macht und die dauert und dauert und dauert ... Das ist eine andere Nummer, das hätte ich schon gerne mal. One-Life-Stand gewissermaßen. Ich raffe das rote Ding, das man nicht mehr guten Gewissens Spitzenschlüpfer nennen kann, so verdorben ist es, an mir hoch und ziehe Richards Shirt über, das er abgelegt hat, als meine Darstellung noch vielversprechend war und nicht ruiniert von düsteren Prognosen. Richard hält mir mein Glas hin.

»Ich liebe dich, Baby, ich liebe dich gerade. Mehr gibt's nicht auf der Welt. Der von gestern ist gestorben, den von morgen kennst du noch nicht, aber vielleicht bin das ja auch ich, nur anders, noch verliebter in dich, vielleicht sogar ohne Angst um meinen Arsch, aber ich will mich jeden Tag für dich entscheiden dürfen. Und du darfst das auch.« Tränen steigen mir in die Augen, der ist aber wirklich toll, dieser Typ – auch wenn das mit *jeden Tag neu entscheiden* echt eine Herausforderung ist. Da fällt mir ein, mal abgesehen von Richard, diesem Zuckerkringel, den ich wirklich liebe, kann ich mich ja auch jeden Tag neu entscheiden, wer ich selbst eigentlich sein will. Da ist noch viel mehr drin als Klofrau oder Sexgöttin. Was für herrliche Aussichten. Aber jetzt muss ich hier mal fertigmachen mit dem Striptease.

Wer macht das Licht aus?

Na, der Letzte, werden Sie jetzt sagen, ich kenne Sie inzwischen. Aber das ist wie so oft zu kurz gedacht. Und überhaupt: Wer soll das denn sein, dieser ominöse Letzte? Überhaupt der Letzte[*]? Der Letzte, der das Buch liest? Der Letzte in mir? Das ist schon eine poetische Vorstellung: Einer, den ich liebe, beleuchtet und befunkelt all meine Grotten und geheimen Gänge und unterirdischen Seen, melodisch und kraftvoll hallt und zirpt es in mir wider, und wenn wir ein letztes Mal gemeinsam dieses Mysterium geschaut haben, macht er das Licht aus und geht seiner Wege, und ich sterbe. Na ja, noch ist hoffentlich ein bisschen Zeit, aber ich hab's hiermit schon mal bestellt.

---

[*] Den Diskurs machen wir lieber nicht auf, da kommen Sie nicht weit mit Ihrem Abo vom *Philosophiemagazin*.

Nein, ich meinte das viel profaner. Ich mache manchmal das Licht aus, wenn die Eindrücke übermächtig werden und ich nur so vor mich hinfühlen will und nicht auch noch gucken, wer mich da wie begattet und ob der das gut macht, und schon gar nicht will ich prüfen, ob mein Körper in der gewählten Stellung halbwegs ansehnlich ist oder die Schatten der Leselampe meine ansonsten sanften Dellen aussehen lassen wie Mondkrater. Wobei: Fremde Planeten erforschen, das könnten die mögen ... Männer haben in meinem Bett noch nie was am Licht gedreht. Okay, der Sadist hat die Stehlampe angemacht, weil er sehen wollte, wie sein Sperma mir ins Gesicht spritzt, aber das vergessen wir lieber gleich wieder. Ansonsten scheint nicht nur das Licht ihnen egal zu sein, sie nehmen die Dinge, wie sie sind. Und so will ich es künftig auch machen: Den Sex genießen, den ich eben gerade zur Verfügung gestellt kriege, statt dem betreffenden Gaul allzu genau ins Maul zu schauen und zu mäkeln, dies oder das könnte geiler, fantasie- oder hingebungsvoller sein. Ich mache einfach meinen Teil so gut, wie's geht, und dazu gehört auch, sagt Richard, dass ich jetzt aufhöre, so pathetisch rumzulabern, und stattdessen endlich mal Lingammassage lerne. *Die Uhr* ist ja schön und gut, aber, »come on«, da geht noch was. Er hat sich schließlich auch durch drei Regalmeter weibliche Sexualität studiert, und ich stümpere an seinem Schwanz rum, meine aber, klugscheißernde Bücher schreiben zu müssen. Recht hat er. Ab ins Trainingslager.

Danksagung

Natürlich ist alles frei erfunden und/oder total übertrieben, und bei den Recherchen für dieses Buch kamen auch weder Menschen noch Tiere zu Schaden. Trotzdem:

Großer Dank an Ines, Annerose, Marie, Sabine, Angela, Simona, Christiane, Magenta, Alexander, Julia, Doris, Heinz, Angelika, Anita, Susanne, Valerie, die mir bereitwillig erzählt haben, was sie nachts machen.

Dank an die Agentinnen Anoukh Foerg und Andrea Zimmermann und die Verleger Leif Greinus und Sebastian Wolter für ihre erstklassige Arbeit und ihr Vertrauen in mich und dieses Buch.

Mit niemandem stümpere und scheitere ich gerade so gern herum wie mit Stefan. Danke.